我聽著花開的聲

Guá thiann-tio̍h
hue-khui ê siann

台語散文集

廖張嚼 —— 著
Liāu Tiunn-chiak

獻予咱心愛的台灣

佮阮阿母陳秀子女士

踏話頭

　　台語是阮佮故鄉的連結，台語予阮揣著轉去厝的路，寫台文是我對故鄉的siàu念，嘛是咧走揣家己，中年書寫閣khah是uát頭[1]看家己的人生，反省1 tsuā行來的táp-táp滴滴。

　　阮佇雲林二崙濁水溪邊的小庄頭出世，老爸掀《彙音寶鑑》[2] kā阮號名。讀小學的時，就真佮意文學。國立成功大學中文系畢業，bat佇私立中學教冊，了後，佇國民學校做老師。2002年1个機緣，讀著阿仁老師的作品，發現原來用台語會當寫出hiah-nī趣味的文學，我嘛綴咧攑筆寫出我的第一篇台文〈Tshiau揣阿爸的形影〉。我發現用母語會當kā藏佇心內的感情，原汁原味寫出來，就開始自修學羅馬字、寫台文。

　　2022年總算等著台語tsiânn-tsò[3]正式的課程，會當佇學校上台語課，m̄是像過去kan-nā指導社團佮訓練語文

比賽niā-niā。Tann，台語是阮的日常，看著台語uì 20冬前驚伊死死去，到tsit-má講台語當時行，母語若復振起來，是阮上kài歡喜的代誌，嘛是台灣社會語言的轉型正義。阮心內足感謝久年來，濟濟為台文奉獻的siàn-pái[4]。

現此時咱需要閣khah濟台語文作品，這嘛是我出版這本冊的動機，我kā 2002年到tann所寫的台語散文，tîng修改、整理出版。想beh為台語文主流化盡淡薄仔心力，想講文章已經出世矣，應該愛予人有機會讀著咱媠khuì的母語文學作品。

冊內面有我的囡仔時、有我成長的痕跡，有故鄉的人、事、物，雖bóng是我個人的記憶，嘛是咱走揣台灣的生活、文化、歷史記持的線索。有2、3篇雖然是用小說的筆法寫，m̄-koh[5]寫的攏是誠實的代誌，m̄是虛構的故事。生活佇台灣的咱，若有看重家己的過去，會予咱閣khah要意、珍惜咱的現在，進1步思考咱台灣的未來。

用母語思考，書寫家己、走揣家己，書寫現代生活事事項項，kā去hông鉸斷的喙舌揣倒轉來，是偌nī-á幸福佮幸運的代誌。期待閣khah濟人做伙行入台語的花園，大細漢做伙kā台語講倒轉來。講台語、寫台文，台語現代化、文字化，歡迎逐家鬥陣來！

1　uát 頭：斡頭，回顧。
2　彙音寶鑑：Luī-im-pó-kàm，台灣戰後頭 1 本台灣人家己編的韻冊，學台語的工具冊。編者沈富進，蹛古坑華山，1953 年出版。
3　tsiânn-tsò：成做，成為。
4　sián-pái：前輩。
5　m̄-koh：毋過，不過。

目錄

踏話頭　　　　　　　　　　　　　　　　003

第一 pha　社會觀察

01・行入冊店　　　　　　　　　　　　　010
02・做伙來讀《鳶山誌：半透明哀愁的旅鎮》　014
03・賣菜坤仔　　　　　　　　　　　　　019
04・歡喜婆仔的哭聲　　　　　　　　　　023
05・我聽著花開的聲　　　　　　　　　　030
06・我 ṁ-bat 你，ṁ-koh 我足多謝你　　　034

第二 pha　成長痕跡

07・Tshiau 揣阿爸的形影　　　　　　　042
08・斑芝花樹的聯想　　　　　　　　　　049
09・冬瓜的曼波　　　　　　　　　　　　054
10・西瓜的曼波　　　　　　　　　　　　057
11・金瓜的曼波　　　　　　　　　　　　060
12・虎頭埤的青春戀　　　　　　　　　　064

第三 pha　生活記事

13・古道三溫暖　　　　　　　　　　　074
14・都市做稽人　　　　　　　　　　　080
15・走揣春天的跤跡　　　　　　　　　085
16・游泳池的 làu-khuì 代　　　　　　089
17・赴山佮海的約會　　　　　　　　　092
18・熱人的季節　　　　　　　　　　　097
19・落難天使　　　　　　　　　　　　102
20・二九暝　　　　　　　　　　　　　113
21・逐家攏平安　　　　　　　　　　　117
22・天上山行春　　　　　　　　　　　119
23・幸福和美山？　　　　　　　　　　123

第四 pha　動物關懷

24・Grace　　　　　　　　　　　　　130
25・Humble 流浪記　　　　　　　　　137
26・狗仔情緣　　　　　　　　　　　　140
27・你已經走 kah 遠遠遠，我猶咧學講再會　144
28・白目 ka-tsuah　　　　　　　　　151
29・古錐的貓　　　　　　　　　　　　155

第五 pha　歷史人文

30・溪水恬恬仔流　　　　　　　　　158

31・懷念西螺大橋　　　　　　　　　169

32・消失的新草嶺潭　　　　　　　　173

33・藍色紅頭嶼　　　　　　　　　　179

34・Tshia-puáh-píng　　　　　　　　188

35・愛的禮物　　　　　　　　　　　196

第一 pha
社會觀察

行入冊店

　　Tsȯh--jit[1] beh暗仔，因為淡薄仔代誌去台北，拄好有1寡làng-phāng[2] 的時間，1个人坐佇公園歇睏。Hiông-hiông[3] 想著最近冊店1間1間相接紲收起來，感覺誠可惜，就Google上近的冊店，查著附近有1間開40年的傳統冊店，5分鐘會當行跤到，就散步沓沓仔[4] 行過--去。

　　哇！有影是傳統的老冊店，我kán-ná[5] nǹg過[6] 時空pōng-khang[7]，轉去虎尾公車站邊仔彼間冊店。彼陣，我是1个為文學痴迷，食冊就會飽的高中生，差不多逐工放學攏會uat入去彼間冊店，關心看有啥物新冊出世，雖然lak袋仔不時空空，厝裡散kah giōng-beh予鬼掠去，阮嘛是勻勻仔[8] 儉錢，等夠額就交予冊店頭家，歡歡喜喜kā架仔頂的冊紮轉去。M̄-koh，閣khah濟的時陣是1篐人徛佇冊店的角--仔，看冊看規晡，尾--仔無買冊，就家己歹勢歹勢恬恬仔[9] 走，頭家嘛m̄-bat予阮歹面看。

離開冊店，坐 uànn-pang 的台西客運轉去厝。我佮意坐佇倚窗仔，會當看黃昏的田園，看各種農作物佮彎彎 uat-uat[10] 的小路，沿路 thàng 去 1 个閣 1 个庄頭。有時我會想像作家學長「林雙不」讀虎尾高中的時，坐台西客運看著、聽著的是啥物風景？佮伊坐仝 pang 車，彼个手 phóng 鼓吹花、穿 lá-pah 褲離家出走的查某囡仔，uì 主張免讀大學嘛過了誠好，到認真讀冊考大學，家己轉變嘛鼓勵伊按呢，kám 正港有彼个人？Ah 是作家家己進行的 1 場思辯？伊偷走書[11]去虎尾溪 poh 岸邊、糖廠、公園、一等涼冰果室……，四界 lōng-liú-lian[12]，茫茫渺渺看無家己的未來，升學主義壓迫少年囡仔敏感、kėh-kuāinn[13]的心，阮熟似的環境佮苦悶的心境完全予伊寫透機。當伊佇阿里山天星陪伴伊寫情批予愛人仔，阮嘛綴咧幻想：有 1 工，kám 有人會寫按呢的批予阮？

我自細漢就足愛看課外冊，足早就確立家己對文學的興趣，愛感謝 2 个人。1 个是我國校仔 4 年的老師，伊佇教室的壁角設 1 个班級冊櫥，教我負責登記、管理，鼓勵全班同學借冊、看冊，老師開錢買足濟世界文學名著來予阮讀。彼陣阮庄跤所在，國校仔無圖書館，無課外冊 thang 借，伊替阮拍開 1 个新視界，1 个趣味的世界。另外 1 个愛感謝的是我的阿姊，我國校仔 5、6 年的時，伊咧讀國中，

為著拚聯考，讀冊讀kah無暝無日，閣愛專工替我去圖書館借冊、還冊，2冬tah-tah，到kah我讀國中tsiah換我家己去借。席慕蓉佮蕭蕭的詩，陪伴我行過無怨tsheh的青春，鼻著花開的芳味。明明人佇厝裡，神魂嘛綴作家三毛去異國去沙漠咧流浪，走揣夢中的橄欖[14]樹。

　　冊店曾經是我暝日流連的所在，tann竟然m̄知有偌久無行跤到矣。早就慣勢透過網路買冊，幾个tshih-jí捒捒咧，過2工仔冊就送到位，實在有夠利便，加上khang-khuè誠無閒，就無去想按呢冊店kám有才調生存。

　　佇網路發達的現代，冊店經營正港無簡單，我入去的時，kan-nā頭家1个人坐佇櫃台掀報紙，kán-ná無聊kah。我行去歷史佮文學的冊櫥遐，濟濟熟似的老朋友攏佇遐，《千江有水千江月》佇架仔頂咧大力kā我iàt手，親像久年無khuàinn的好朋友，驚我kā放袂記得的款。白先勇的《臺北人》hām因為電影《斯卡羅》[15]tshìng kah掠袂牢的《傀儡花》phīng做伙。

　　我當咧想講thài攏無看著台語冊，拄好2个人客入來，1个提1本冊坐落來讀，1个巡巡咧都無5分鐘，空手行出去。我選1本早前想beh買猶未買的冊，坐落來讀，氣氛輕鬆閣自然。

　　冊店頭家明明有進袂tsió新冊，足受歡迎的《海風酒

店》佮向陽老師上新的詩集《行旅》攏园佇上顯目的所在。

　　Beh 走 tsìn 前，我 kā 手提咧彼本冊园佇櫃台，kā 頭家講 beh 買彼本，頭家 kán-ná m̄ 敢相信，喙 nauh[16] 1 下講：「寫 kah hiah-nī 厚，ah 無人 beh 買。」我笑笑仔 kā 看 1 下，足想 beh 應講：「我 kám m̄ 是人？」《鳶山誌：半透明哀愁的旅鎮》照定價 750 箍，無俗半箍銀。我行出去的時，頭家閣 1 擺大聲 huah 多謝光臨。

2023 年寫

1　tsȯh--jit：今仔日的前 2 工。
2　làng-phāng：間縫，空隙、空檔。
3　hiông-hiông：雄雄，突然。
4　沓沓仔：tȧuh-tȧuh-á，漸漸地。
5　kán-ná：好親像。
6　nǹg 過：軁過，穿越。
7　pōng-khang：磅空，涵洞、隧道。
8　勻勻仔：ûn-ûn-á，寬寬仔、慢慢仔。
9　恬恬仔：tiām-tiām-á，靜靜地。
10　彎彎 uat-uat：彎彎斡斡，彎曲。
11　偷走書：thau-tsáu-tsu，逃學、蹺課。
12　lōng-liú-lian：閒閒無代誌做，四界 pha-pha 走，浪蕩、閒晃。
13　kȯh-kuāinn：puān-gȯk，叛逆。
14　橄欖：kan-ná。
15　《斯卡羅》：排灣族語「Seqalu」。
16　nauh：喃喃低語。

做伙來讀
《鳶山誌：半透明哀愁的旅鎮》

　　連紲幾若工，kā《鳶山誌：半透明哀愁的旅鎮》彼本厚厚的冊mooh牢牢，行到佗，讀到佗，愈讀愈有興趣。引起阮翁好玄，m̄-nā[1] 1擺問我：「讀kah hiah-nī認真，kám有影hiah好看？」一般人kan-nā[2]看著hiah厚的冊，就倒退幾若步，閣khah免講冊名是鳶山誌，m̄知影的人掠準是親像地方誌彼款有碻碻[3]的冊。

　　這是1本用鴟鴞山[4]做戲齣，三峽做舞台，tshuā咱tiông新行過三角湧7千年鹹、酸、苦、tsiánn的歷史小說，uì遐嘛會當予咱看著規个台灣的過去佮現在。做1个台灣人，咱袂當無了解台灣的歷史。M̄-koh，誠無彩，過去咱學生囡仔時代，學校教的歷史攏以中國為主，所以真濟人對台灣歷史，pīng無深刻的知bat，甚至完全m̄知。按呢，你一定愛來讀詹明儒老師這本歷史小說，你會親像bángkah⁵內面的大力水手Pha-phài⁶食著菠薐仔罐頭全款,功力大大增加,因為你食著的是台灣歷史大補丸。

坦白講,這本冊無好讀。詹老師是足gâu的文字魔術師,拄開始我定定掠無是siáng咧講話,掠無故事的發展,1擺閣1擺沓沓仔讀、勻勻仔看,跟綴主角佇無仝時間、空間nǹg來nǹg去。Uì幾千冬前到現代,lò-lò長的大幅時間,hiah-nī濟的歷史事件,莫怪作者beh tsioh魔幻寫實的筆法,引tshuā讀者行1 tsuā生死旅遊,予咱佮冊裡的人,同齊經歷1段歷史,啖1喙喜怒哀愁的滋味,感受咱祖公祖媽悲歡離合的人生。

恩主公病院內底彼个某1个痟的,uì頭到尾kā規個故事串聯起來,彼个痟的其實就是作者的化身,嘛是愛台灣的你佮我。面對自古以來就紛紛擾擾的台灣,有當時仔無精神錯亂嘛真困難,特別是活佇現此時的台灣。頭1篇,彼个痟的問醫生:「你--看,我的心1粒仔kiánn,有才調囥偌濟人?」作者tsioh醫生的喙講:「你若佮一般世間人全款,選擇性記憶佮放袂記得,ah是選擇攑香綴拜盲從⁷的性命模式,按呢就應該會當正常過日子矣。」是lah,m̄-koh,咱kám甘願?

認bat家己是siáng,知影家己的歷史,tsiah會當得著經驗佮教示,tsiah有機會用智慧去避免悲慘的戲齣

tîng演。人定定笑咱台灣人無夠團結閣無頭神，記持bái，khang-tshuì[8] 1 kian-phí[9]就袂記得疼，實在有夠害。

120冬前平埔族消失去、Tāi-iáng[10] hőng趕去到內山斗底，kám有佇咱的心留落來任何痕跡？7、80冬前日本殖民統治，誠無簡單tsiah結束，uì中國來的國民黨政府隨全款kā in的語言佮統一的迷夢，強逼咱台灣人接受，閣1擺變天的血水tshap-tshap津，二二八佮白色恐怖，粗tshân刮人、掠人，對濟濟老輩的台灣人，是1場講袂出喙的惡夢。

民主先生阿輝伯仔的寧靜革命，雖然予台灣本土化、民主化，m̄-koh，民主深化無夠，濟濟價值觀錯亂，大部份的人對歷史認bat無深，予有心人定定有機會使弄，刁持畫烏漆白、舞豬舞狗，偏偏有人耳空輕，像俗語講的：「人牽m̄行，鬼牽liù-liù去。」遐的無中心思想、無信仰，為著個人利益、空喙哺舌騙選票，出賣靈魂的政治變色龍滿滿是，造成逐擺選舉攏是族群的拆裂[11]，予正港對台灣有疼心的人操心擘腹[12]。

作者佇第九篇寫出台灣無10冬就2擺政黨輪替，佇短短的時間內，有誠大的變化，伊用施明德、馬英九、陳水扁3个政治人物做例，寫出in「tsa̍h-hng、今仔日、明仔載、後--日」的轉變，袂輸猴齊天72變，3个人12種正爿、

倒爿無全款的屈勢，有真精彩的描寫。變化大kah，予人誠感慨，總是猶未到最後，in 3 个人的歷史定位佮局勢的演變，kan-nā天知影。

　　規本冊逐篇攏有精彩的所在，文章有歌詩做證，散文的敘述風格，有時直破、有時充滿詩意，筆尾予咱濟濟的反省佮思考，值得咱讀了閣讀。親像作者家己所講的，逐篇攏有會予咱目睭光起來的星閃閃sih[13]，佇遮，邀請你做伙綴伊nǹg入去伊的文學世界，飛天tsǹg地、四界遊覽。

　　我已經開始期待詹老師的另外1本姊妹仔冊，《鳶山誌》雙連作《藍色三角湧》矣！

2023 年寫

1 m̄-nā：毋但，不只。
2 kan-nā：只，只要、只有。
3 有碚碚：tīng-khok-khok，堅硬、強硬。
4 鵁鴒山：Bah-hioh-suann。
5 báng-kah：漫畫、動畫片、卡通。
6 Pha-phài：大力水手 Popeye。
7 盲從：bông-tsiông。
8 khang-tshuì：空喙，傷口。
9 kian-phí：堅疕，結痂。
10 Tāi-iáng：Tayan，泰雅。
11 拆裂：thiah-lih，撕裂。
12 操心擘腹：tshau-sim-peh-pak，勞神費力。
13 閃閃 sih：閃閃爍。

賣菜坤仔

　　Beh 50 歲矣,志坤猶原逐工透早天未光,就駛彼台 3 噸半的貨車去武市[1]割貨[2]。了後,tsiah 轉來附近的庄頭,沿路 huah 賣,固定的路線,無變化的放送聲:「賣菜 ooh!買菜 ooh!買魚仔、買菜緊來 ooh!鮮沢[3]的魚仔、豬肉、ian-tshiâng、豆腐、豆乾……beh 買的緊來 ooh!」人客聽著這款的放送聲,就知影賣菜坤仔轉來矣,厝內若有需要的人就會緊出來買,志坤仔攏會佇廟埕 ah 是 kám 仔店店頭,停 kah 久淡薄仔,thìng 候人客來交關。

　　這幾冬來志坤仔逐个庄頭行透透,伊發現 1 个怪奇的現象,就是外籍新娘 ná 來 ná 濟。志坤仔 phīng 伊生理人的目色 kah 經驗,真緊就知影佗 1 个新娘是 uì 佗 1 个國家來,嫁予佗 1 口灶做新婦。志坤仔 kā 歸類,有印尼的、越南的、Kán-poo-tsē[4]的、泰國的、中國的,志坤仔心內咧想,若全部做伙出來買菜,m̄ 就袂輸聯合國 hiah 鬧熱。In

遮的查某人攏誠gâu，誠khiàng[5]跤，真緊就加減會曉講淡薄仔台灣話矣。準講挂仔來khah生疏，袂曉講半句，嘛會比手畫刀，志坤仔根本免煩惱無法度溝通。

事實上，志坤仔厝內嘛tshuā 1个越南新娘，因為語言、風俗無仝，tshím頭仔[6]啥物攏m̄知，經過吉仔婆調教，tsit-má是一粒一的賢妻良母。志坤仔uì無某無猴的羅漢跤仔，tsiânn-tsò 2个囡仔的老爸，吉仔婆上滿意的是新婦為in李家生2个金孫，1个查某1个查埔，挂挂好。本底吉仔婆逐工kā新婦顧牢牢，袂輸顧賊仔咧，驚新婦「落跑」，聽人hán[7]講彼款代誌定定發生，吉仔婆瞑日提心吊膽，一直到kah紅嬰仔出世。看新婦m̄-nā骨力拍拚閣誠顧家，吉仔婆tsiah肯予新婦自由出入。

猶未生囝tsìn前，志坤bat招in某鬥陣去賣菜，2翁仔某做伙出去huah賣，沿路khah有伴，嘛khah心適。若挂著仝款越南來的，in某就佮伊講故鄉的話，逐家攏感覺誠趣味，就按呢志坤仔嘛開始加減學幾句仔in的話。

Tsit-má，志坤仔閣恢復1个人賣菜的日子，若挂著挂uì越南來的查某人，伊就用學來的越南話佮人客相借問，頭1擺聽著的人客攏會驚1 tiô，了後展開難得的笑容，後回換in主動佮賣菜坤仔講家己的母語，無形中志坤仔嘛佮人客giú khah倚。

雖bóng志坤仔真拚勢做生理，人客嘛真照顧，m̄-koh，志坤仔的收入pīng無kài好，小小的庄頭，人口無濟，大部份是老人佮囡仔，閣1寡留佇庄跤做穡的中年人。少年家佇都市讀冊，了後就佇都市食頭路，罕得有幾个決心轉來庄跤發展。人有khah tsió，加上逐口灶攏佇前後埕種1寡菜蔬，親像金瓜、菜瓜、川七、番薯葉仔、皇宮菜、ìng菜……應有盡有，thài tō閣買？

志坤仔bat想過換途討趁凡勢khah有額，伊去貨運公司應徵，m̄-koh，頭家看著伊的倒手，隨就kái[8]拒絕，beh ín做工的頭路閣khah免講。想無步，m̄-tsiah到tann猶咧賣菜。

志坤仔的倒手是少年的時，佇台北食頭路去予工場的ki-hâi[9]絞歹去的，彼陣伊猶未30歲。志坤仔蹛院的時，頭家閣好禮捾1籃lìng-gooh去kái看，叫伊安心治療。等kah伊出院suah kā辭頭路，講伊無法度操作ki-hâi矣，叫伊轉去食家己。

了後志坤仔四界揣頭路攏碰壁，尾--矣tsiah轉去故鄉……二崙仔賣菜，故鄉的人、故鄉的情、故鄉的景物，安慰伊受傷的心靈，予伊有閣活落去的力量佮勇氣。

2002年寫

1　武市：批發市場。
2　割貨：批貨來賣。
3　鮮沢：tshinn/tshenn-tshioh，新鮮。
4　Kán-poo-tsē：柬埔寨。
5　khiàng 跤：精明。
6　tshím 頭仔：拄開始。
7　hán：謠傳、風傳、議論紛紛。
8　kāi：kā i 合音連讀。
9　ki-hâi：機械，機器。

歡喜婆仔的哭聲

　　賢仔嬸婆今年70矣,自從老伴過身了後,家己1个人蹛佇庄跤,算算咧嘛有10年矣,雖bóng 10年來袂輸人講的老孤khut,m̄-koh,完全攏看袂出伊的孤單,伊總是歡頭喜面、喙笑目笑,拄著人,m̄管是大細漢攏主動佮人相借問,伊無老大人彼種雜唸,顛倒像囡仔hiah-nī古錐,人人攏真佮意伊,叫伊「歡喜婆仔」。

　　歡喜婆仔身體真勇kiānn,自少年做kah老,罕得huah腰痠背疼,透早4、5點精神,飼雞仔、鴨仔、鵝仔,開始無閒的1工。過去,飼tsing-senn-á是為著厝裡的經濟,了後慣勢矣就一直飼落去。Tsit-má,歡喜婆仔飼tsing-senn-á是1種趣味。Kan-nā看埕尾彼2隻孔雀,逐工食飽飽、閒仙仙、行來踅去,不時用破叉仔聲大聲kā人展伊色水多彩美麗、豐滿的身軀,就知影in兜的孔雀有偌nī-á囂俳。「烏的」是歡喜婆仔的寶貝狗,歡喜婆仔對烏

的足疼thàng，是彼2隻孔雀無法度比phīng的。

　　歡喜婆仔佇厝的邊仔有2分地，當初歡喜婆仔堅持講beh留落來種作，tsiah無賣賣去。本底的田園為著beh栽培in後生志文去美國留學攏賣去矣，2个老的心甘情願，1 sut-á都無後悔，祖公仔留落來的田園，佮in翁仔某規世人粒積的財產，會當成就囝孫、完成囝兒的夢，in相信祖公仔嘛會贊成，事實上，做爸母的比siáng攏閣khah歡喜。

　　歡喜婆仔的孤囝志文真tsiânn-mih[1]，gâu讀冊閣bat代誌，m̄-nā無予爸母失望，閣予in做夢嘛想袂到會生1个博士囝。志文提著博士學位了後，轉來台灣服務，無偌久就佇台北市買厝，三番兩次請2个老大人去台北做伙蹛，2个老的10年去無超過10擺，上久1擺是賢仔叔公破病佇台北長庚病院蹛院。蹛無1禮拜就無法度矣，伊beh去見佛祖tsìn前，堅持留1點仔khuì絲仔轉去故鄉二崙仔。賢仔嬸婆雖然心內足艱苦，嘛同意翁婿的決定，伊知影若換做家己，嘛會有仝款的堅持。

　　志文in翁仔某誠希望歡喜婆仔搬去台北鬥陣蹛。歡喜婆仔佇翁婿過身了後，bat順in的意去台北蹛1站仔。日--時2个少年的攏去上班，暗時足uànn tsiah轉來，歡喜婆仔家己1个人佇生份的都市，無親tsiânn朋友thang相揣，行佇路裡，看逐个人攏hiong-hiong-kông-kông[2]，

連beh去利便商店買1寡物件，店員嘛聽無咱講的話，實在誠袂慣勢。

志文看阿母1工1工消瘦落肉，1 khùn仔kán-ná老幾若10歲，話ná來ná少，定定nauh講beh轉去庄跤，tsiah m̄敢閣留伊。轉去庄跤了後，歡喜婆仔ná親像海翁tîng轉去大海，活跳跳，充滿活力。

歡喜婆仔的2分地，無pàk人³種稻仔，伊留beh家己種菜，白菜、菠薐仔、芹菜、湯匙仔菜、油菜、茼蒿……種幾若項。家己食袂去，就送予厝邊隔壁，賰的tsiah割去賣。厝邊兜嘛會三不五時提米予伊，mê-lóng瓜⁴佮西瓜收成嘛送伊1大堆。Mê-lóng濟kah食袂去，歡喜婆仔kā曝kuann，閣送予厝邊頭尾、親tsiânn五十，逐个攏食kah誠歡喜。

歡喜婆仔60歲做阿媽，歡喜kah喙仔lih-sai-sai，歡喜婆仔m̄知kā菩薩hē偌濟願，tsiah求著這个孫仔，金孫滿月彼1工，歡喜婆仔tshiànn布袋戲來廟口謝神，請逐家食油飯、雞腿佮滷卵，逐家閣放炮仔kā鬥鬧熱，歡喜婆仔講伊總算對in李家有交代矣。隔轉工，志文in翁仔某就kā紅嬰仔tshuā轉去台北矣。歡喜婆仔疼孫逐家攏知，伊想beh kā金孫留佇身軀邊照顧，看志文in翁仔某kán-ná足為難，伊無想beh勉強in，嘛無想beh kiânn去台北蹛。

少年的拚事業,老的嘛無話講,就按呢,志文 in 久久 tsiah tshuā 金孫轉來 1 擺。

看金孫 1 冬 1 冬大漢,歡喜婆仔有講袂出來的滿足。逐冬過年,志文 in 翁仔某包的紅包,歡喜婆仔攏閣 kā 包予金孫阿弟仔,阿弟仔喙真甜,阿媽長、阿媽短,連烏的嘛 bat 這个罕得轉來的主人,綴佇伊的尻川後搖尾溜兼 sai-nai。

志文 in 翁仔某真重視阿弟仔的教育,驚阿弟仔起磅就輸--人,予伊去讀上好的幼稚園,3 歲開始學英語、5 歲學鋼琴、6 歲參加「讀經班」、7 歲寫毛筆……。阿弟仔的「國語」佮英語講 kah phīng 台語閣 khah 好,伊佮阿媽ná 來 ná 生疏,離這塊土地 ná 來 ná 遠。

歡喜婆仔心內感覺 gāi-gio̍h gāi-gio̍h[5],想想咧 kán-ná 無啥著,就 kā 志文 in 翁仔某講:「阿弟仔的台語講 kah 無啥輾轉,有當時仔嘛聽無我 teh 講啥物。」志文 kā 應講學校 tō 無咧教。歡喜婆仔袂死心閣講:「學校無教,恁翁仔某教,khah 早學校無教,阿爸、阿母無讀過冊嘛 kā 你的台語教 kah hiah 㧣 khuì……」志文仔拄開始 the 講 in 翁仔某攏誠無閒,阿弟仔嘛無時間 thang 學,看阿母 hiah-nī 堅持,tsiah 無意仔無意應好。

雖 bóng 按呢,歡喜婆仔全款期待,thìng 候囝孫不

sám時轉來，歡歡喜喜迎接、招待in。

70歲生日彼1工，志文in規家伙仔轉來kā歡喜婆仔作壽，伴手挃kah大kha細kha。厝邊隔壁嘛攏來祝賀，規厝間鬧熱滾滾，逐家攏呵咾歡喜婆仔足好命的。歡喜婆仔的笑容suah無像平常時仔hiah-nī燦爛。

人客走了後，志文in嘛轉去台北矣，一向恬靜的田庄，suah傳出歡喜婆仔哀爸叫母、越跤頓蹄[6]的哭聲，彼是我頭擺聽著歡喜婆仔咧吼，哭聲是hiah-nī無奈閣悽涼，我1世人攏無法度放袂記得。

哭聲裡lio̍h-á聽出伊咧huah-hiu：「……thài按呢……2个台灣人thài會生出1个外省仔囝，……我beh按怎kā李家的祖先交代，……我歹命，予孫仔看我無，……無彩我咧疼伊，suah嫌我袂曉講『國語』，閣講我無讀冊、m̄-bat[7]字……」

2002年寫

後記

　　寫這篇〈歡喜婆仔的哭聲〉想 beh 提醒千千萬萬的番薯仔囝，愛疼惜咱的母語，m̄-thang 予咱的母語死死去，母語 m̄-nā 是阿母的話，更加是釘根、生湠佇這塊土地的語言佮文化。

　　俗語講：「有唐山公，無唐山媽。」今仔日咱 beh 復振咱的母語，m̄-thang 予漢字束縛，漢字無法度記錄原住民語佮 1 部份的台語、客語，羅馬字系統有標音佮文字的功能，早前就開始記錄咱這塊土地留落來的話。鄭良偉教授真早就鼓吹漢字佮羅馬字 lām 寫，免開時間、了精神 tshiâu-tshik[8] 罕見尪寫的漢字，書寫上有效率閣音上準，我家己嘛感覺真合 su，誠佮意。

　　歡喜婆仔是你我的阿媽，可能猶活咧，嘛凡勢早就過身去矣，你 kám 有聽著歡喜婆仔稀微的哭聲？愛這塊土地的語言、文化，心內有台灣，tsiah 是正港的台灣人，台灣這個大家庭歡迎新住民、各國移民佇遮共同拍拚，建立語言平等、族群和諧、自由民主的國家。

　　「番薯 m̄ 驚落塗爛，只求枝葉代代湠！」這篇文章本底寫佇《台文 BONG 報》6 週年紀念，伊忍受偌濟寂寞佮孤

單，為台灣的母語堅持落去，予台語文有生存佮發表的空間，予濟濟的人kā家己失落的母語揣轉來，恬恬仔安慰歡喜婆仔的心tsiânn。2024年的今仔日，beh 30年矣，伊猶原繼續咧拍拚，咱嘛看著台語文運動開花結子。期待咱對台灣的疼心佮熱情，引tshuā閣khah濟人，做伙參與台語文的文藝復興，予台語文開出閣khah婧的花蕊，ǹg望[9]歡喜婆仔有1工回復伊美麗、燦爛的笑容。

2024年寫

---

1 tsiânn-mi̍h：成材、成器。

2 hiong-hiong-kông-kông：匆忙。

3 無 pa̍k 人：無租予別人。

4 mê-lóng 瓜：美濃瓜、芳瓜。

5 gāi-gio̍h：尷尬。

6 趒跤頓蹄：tiô-kha-tǹg-tê，氣 kah 頓跤蹄。

7 m̄-bat：生份，無熟似。不認識，不懂。

8 tshiâu-tshi̍k：推敲、協商。

9 ǹg 望：期待、希望。

我聽著花開的聲

今年台北植物園的蓮花,好親像開 kah 特別婧,7 月的中晝,我坐佇水邊,欣賞出水的花蕊,時間 ná 親像踅轉去 20 外冬前,我看著西螺東南中學校園內面,坐佇蓮花池邊 thìng 候[1] 花開的查某囡仔。

行過坎坎 khiat-khiat 的路途,當中的鹹酸苦 tsiánn kan-nā 家己上知影,tsit-má,我有「輕舟已過萬重山」彼款的快樂。M̄-koh,佇成長的過程,阮從來 m̄-bat 停止對性命的 giâu 疑[2],m̄ 相信性命是無答案的演算,m̄ 相信人生 kan-nā 賰考試、讀冊、讀冊、考試。1 个囡仔 phí,猶閣想無人生有啥物意義,予教科冊、考試單晢 kah 無法度喘 khuì 的日子,看無人生的希望。我感覺家己是 Hi-lah[3] 神話內面彼个無暝無日咧揀大石頭 peh tsiūnn 山,拄到山頂,石頭隨閣 liàn 落去,閣愛 tîng 揀的 Sisyphus[4]。

過去痛苦的經歷予我勇氣,變作我人生的資產,我明

白幸福袂白白uì天頂lak落來，咱人會當tsiàu家己的意志佮拍拚，選擇佮創造家己的人生。佇1个熱人的中晝，我轉去我的母校 lau-lau 咧，校園逐个所在攏有我走跳的痕跡，我的青春，我快樂佮憂鬱的國中生活，就是佇這个美麗的校園度過的。彼陣，我唯一的輕鬆心適是黃昏日頭beh落山的時，倒佇運動埕的草仔埔，看天頂的雲ang泅來泅去，據在風tshuā伊四界去流浪。

校園kah khah早比，加真濟雄偉的建築佮美麗的景緻，我問家己khah使青春會當tîng來，kám願意轉去中學時代？答案是千个萬个buái[5]，1 sut-á都無躊躇，閣佳哉人生無法度tîng來。

拄著校長，伊泡茶請我，茶米茶拄仔好厚，話題嘛燒烙。有1个話題，雙方堅持家己的看法，伊認為逐家攏愛認真讀冊考大學。無m̄著，讀過大學的人，真有可能攏希望時間佇大學時代停睏，m̄-koh，按呢kám就代表所有的人攏愛讀大學？我認為是所有的人攏期待1个自由、開放、活潑，會當獨立自主佮思考的學習環境。長久以來咱的精英教育kám行佇正確的路？咱kan-nā看lok--kò sok--kò[6]、奇奇怪怪的社會亂象，烏魯木齊[7]、背骨無廉恥的智識份子滿四界……就知影矣。若囡仔連笑起來嘛無快樂的時，我m̄知咱的希望佇佗位？

規thoo-lá-khuh的考試，揀咱的囡仔向前行，過五關斬六將，甚至無惜一切kā別人lop佇跤底。得著冠軍頭賞，眾人phók-á聲kā催落，in學著的kan-nā是要緊佮人輸贏、唯我獨尊、囂俳tshàng-tshiu。若考無好的，就beh死beh活，袂輸天崩落來。Kā栽仔giú懸講按呢做是為伊好，結果規个田園攏拋荒去的故事，逐家攏聽過，kám m̄是？佇私立高職教冊彼2冬，我看著真濟失去自信的囡仔，有的完全放棄家己，偷走書、相拍、kà車、離家出走……，in的心悶佮鬱卒有siáng了解？不管阮huah偌大聲、講幾萬擺「天生我材必有用」、「逐个人攏是世間獨一無二的」，受傷的心kám hiah-nī簡單就會好起來？我足同情遐的無辜的囡仔。

　　校長用伊誠懇、堅定的口氣講：「若m̄是彼陣你有去讀大學，今仔日kám會有hiah-nī深的看法佮感受？」我無想beh閣講啥，閣tsènn嘛無效，有1種傷悲uì心肝底bùn出來。

　　人上大的悲哀是經過別人授權，tsiah肯定家己存在的價值。通過大學聯考的我，ná經過火燒過、煉過閣tîng出世的鳳凰，人對我的負面看法攏消失去矣，我得著從來m̄-bat有的tháu-pàng[8]，佇放榜的彼1工。Kan-nā我家己知影，我猶原是本底的我，性命的本質pīng無任何改變，我

有善良、溫暖、體貼、包容的心，改變的是別人對我的看法。

　　若 beh 講今仔日我有啥物成就，是我有家己 1 路行來的身世、經驗，有對性命、土地的關懷佮堅持。M̄是因為我的學識、財富 ah 是社會地位。按呢咱 tsiah 真正會當了解，咱會當是快樂的做穡人、愛心看顧病人的醫生佮護理師、熱心載客服務的 ùn-tsiàng[9]、予逐家歡喜笑微微的店員……，咱會當是人看無目地的菅芒花、是生佇山崁的台灣百合、市場熱情 huah 價的紅玫瑰……家己開家己媠，圓滿自在，展現多采多姿的性命光彩。有內涵的性命上媠，佇安安靜靜的中晝，我聽著花開的聲……

2002 年寫

1　thìng 候：等待。
2　giâu 疑：懷疑。
3　Hi-lȧh：希臘。
4　Sisyphus：薛西弗斯。
5　buaí：bô ài 合音連讀。
6　lok--kò sok--kò：有的無的。
7　烏魯木齊：oo-lóo-bȯk-tsè，濫糝清彩亂來，亂七八糟。
8　tháu-pàng：解脫、釋放。
9　ùn-tsiàng：司機。

我 m̄-bat 你，
m̄-koh 我足多謝你

《慾望街車》的女主角講：「我一直攏倚靠生份人的善意。」想想咧，真濟時陣，我ná親像嘛按呢，佇我人生的路途，有濟濟生份人kā我鬥相共，若準講無hiah-nī濟好心的生份人，tsit-má我m̄知會變做啥款？Kám有規欉好好、穩心仔坐tiàm電腦螢幕前，拍字、寫台文的我？

高中畢業彼个歇熱，大學聯考考煞，雖然猶未放榜，m̄-koh，我真知家己考了袂bái，國立大學穩妥當，選家己佮意的文學科系閣khah無問題，心內暢kah，因為無暝無日苦讀總算得著回報，我tsiânn-tsò大學生的美夢beh成真矣。

紲落，我愛面對的是現實生活，離大學開學，有2個外月的歇熱，我心內想講愛利用這段時間加趁寡錢，未來註冊、蹛學生宿舍、食飯……事事項項攏需要所費。我決

心以後beh靠家己，無beh閣kā阮阿母伸長手矣。

我寫lí-lik-pió[1]去台中的百貨公司ín頭路，我若無記tîng-tânn[2]去，應徵條件是高中畢業，月給8千箍，以後tsiah閣看銷售業績調整，彼間百貨公司雖然有kā我錄取，m̄-koh，尾--仔我pīng無去。

我看著報紙徵人的啟事，徵求洗碗的oo-bá-sáng[3]，1月日2萬箍，我心內想講tsiah-nī好，kám有影？若有，我beh來去洗碗，1個月2萬，2個月就有4萬，按呢頭1學期註冊hām生活所費就暫時有夠矣，siáng講洗碗限定愛oo-bá-sáng？

我報紙紮咧隨坐公車揣去彼間店，徛佇遐觀察1 tah久仔，1對2、30歲的少年翁仔某做伙huānn 1間咧賣食的點心tànn，閣有1个oo-bá-sáng咧邊仔鬥相共。雖然無kài大間，khám-páng[4]頂懸的mé-niuh[5]閣不止仔豐沛，有米粉炒、tâng-á米糕、滷肉飯、貢丸湯、滷味、盤仔菜……，地點倚台中車頭，出出入入的人插插插，尾--仔，我tsiah知影食飯時間生理好kah，頭家娘閣揹1 khian肚，大身大命，無tshiànn人來鬥跤手，正港無閒袚過來。

我去的時已經過晝矣，kan-nā 2、3个人客niâ，按呢頭家tsiah有閒工tshap我。頭家聽著我講beh來應徵洗碗，伊tann頭，喙仔開開，m̄敢相信的款，目睭展大大蕊，

掠我金金siòng，kā我應講in beh tshiànn的是洗碗的oo-bá-sáng neh，我講洗碗我嘛會曉，頭家心內檢采足giâu疑，問我講：「少年查某囡仔nái⁶ beh來阮遮洗碗？阮遮逐工愛洗足濟油leh-leh的碗盤，誠辛苦neh，你kám做會牢？」我坦白kā頭家講我beh利用歇熱加趁寡錢thang好去讀大學，我會當做kah beh倚開學。頭家頭1擺拄著beh來洗碗的妹仔，閣是為著beh讀冊，伊無躊躇，叫我隔轉工就會使開始來做，等確定當時buái做，愛liōng早kā伊講，伊thìng好閣去刊報紙揣人。30外冬過去矣，到tann想著這，阮猶原足感謝頭家願意予我這个機會。

洗碗的khang-khuè有影無想的hiah-nī輕可，早起10點開店到暗頓煞收tànn，m̄知洗偌濟碗盤。逐工先kā桌仔、椅仔排好拭拭咧，人客來的時，鬥phâng飯菜，人客食煞了後，鬥收碗箸仔、拭桌頂，規工有洗袂了的碗盤、湯匙仔。佳哉，2頓中間閣有1 sut-á歇喘的時間。暗時收kah好，定定beh倚10點矣，阮就緊趕去坐公車。

有1暝生理好kah，碗盤收好、洗好已經足uànn矣。佳哉，有趕著尾pang車，規車的人kheh kah，阮晟足瘦，誠無簡單予阮等著1个上後壁的位，坐落來歇睏。凡勢是做kah siunn忝，無偌久阮就睏去矣，等阮hiông-hiông精神、目睭掔金，窗仔外看無平常時熟似的景緻，規車的

乘客m̄知當時攏無去矣，外口暗眠摸suann-niau，生份kah，我感覺無啥 tuì-tâng⁷，tann害矣，beh按怎？我人佇佗位？我kám咧陷眠？現實佮夢已經分袂清。

公車uat入去1个停車場慢落來，我徛起來，ùn-tsiàng看著我驚1 tiô，你thái猶閣佇車裡？我歹勢kah，講我無細膩睏去。伊講我坐佇上尾仔位，閣生做細粒子，伊無注意著。攏怪我睏kah m̄知人，閣予頭前的椅phīng-á閘牢著。公車插好勢了後，我綴ùn-tsiàng落車，四箍輾轉攏無人，我佇荒郊野外暗sô-sô。斯當時通訊猶無進步kah逐个人攏紮1支巧手機仔，彼陣kan-nā有B.B. Call佮猶未普及的「大哥大」烏金剛行動電話。Ùn-tsiàng報我去看起來kán-ná 辦公室閣kán-ná倉庫的壁角khà公共電話，我kā銀角仔lòh落去，開始扭電話號碼，電話giang足久攏無人接，蹛做伙的阿姊去家教趁錢，猶未轉來。

公車ùn-tsiàng騎1台中古的oo-tóo-bái⁸過來，講伊下班beh轉去矣，問我kám有聯絡著厝裡的人？我幌頭，急kah目屎giōng-beh liàn落來。驚伊若oo-tóo-bái 騎咧，像1陣風飛kah無hîng蹤，賰我1个beh按怎？佳哉，伊問我蹛佇佗了後，講規氣送佛送tsiūnn天。我無thang選擇，嘛無時間加想，就坐起lih伊的oo-tóo-bái，伊叫我坐予好勢，油門催落起磅，我坐佇伊的尻川後，心肝頭

phok-phok-tshái[9]，規粒心臟袂輸 beh uì 喙裡跳出來，頭殼內開始烏白亂想，pué 袂走的歹念頭，萬不一伊若是歹人……，ah 是伊若起歹心……，我 beh 按怎？

後來，若回想著遮，彼陣驚惶的感覺，猶原深深印佇我的心內。等 kah 伊 kā 我送轉去阮蹛的巷仔口，放我落來，我的暗暝驚魂記 tsiah 算結束。

到 tann，我猶原足感激彼當陣彼个好心的 ùn-tsiàng，m̄ 知是斯當時驚 kah gāng 去，ah 是少年 tsió 歲，m̄-bat 人情世事，我 kan-nā 一直 kā 說多謝，suah 袂記得問伊的名姓。

我永遠會記得，佇我的性命中，有 1 个好心的 ùn-tsiàng，bat 佇我上需要人幫贊的時，陪我行過烏暗，予我安全揣著轉去厝的路。

M̄ 知名姓的生份人，我 m̄-bat 你，m̄-koh 我足多謝你，你是天使的化身，是上帝時時刻刻看顧阮的證明。彼陣，阮就佇心內恬恬立誓[10]，佇人需要阮協助的時陣，阮嘛 beh tsiânn-tsò 別人的天使，kā 人幫贊，予人溫暖。

2023 年寫

1　lí-lik-pió：履歷表。
2　tîng-tânn：重耽、tshut-tshê，出差錯、錯誤。。
3　oo-bá-sáng：對年歲大的女性稱呼歐巴桑。日語おばさん (obasan)。
4　khám-páng：看板，招牌。
5　mé-niuh：mé-niù，菜單。
6　nái：ná ē 合音連讀。
7　tuì-tâng：對勁、吻合、恰當。
8　oo-tóo-bái：機車。
9　phȯk-phȯk-tshái：形容心跳誠緊誠大力的聲。
10　立誓：lip-sè，tsiù-tsuā。

第二 pha
成長痕跡

Tshiau 揣阿爸的形影

　　Uì學校出業了後，我佇台北食頭路，tsū年¹佮熟似幾若冬的裕仔結婚，本底稅1間小公寓，逐月日納9千外箍的厝稅。M̄-koh，彼站仔厝價有khah落寮，若準講買1間3百外萬的厝，用銀行的低利貸款，算算咧凡勢比稅厝閣khah會hô，阮就開始四界去看厝。

　　揣來揣去攏無佮意的，m̄是環境siunn過ak-tsak²，就是厝siunn大間，價數有khah懸。阮做khang-khuè幾若冬，講無儉淡薄仔錢是騙人的，只是阮時常咧想，錢beh用佇閣khah有意義的所在。艱苦囡仔出身，自細漢阮受誠濟人照顧，阮阿母定定講：「食果子，拜樹頭。」伊教阮愛隨時感恩、知足，就按呢阮佇世界各地，幫贊1寡散赤囡仔，予in會當讀冊、bat字、學專長來改善in的家庭。

　　有1工，阮去承天寺peh山，看著1張賣厝的廣告單，佮厝主約好去看厝。彼个社區環境真清幽，我看著有佮意，

彼間厝有20外坪,厝主黃sènn佮in某猶閣蹛佇遐,in翁仔某攏真斯文,看起來親像誠有智識的讀冊人。In的客廳tshāi 1尊彌勒佛,我斟酌看,佮阮故鄉的佛堂全款,tsiah知in嘛是一貫道的道親,佮阮平平攏是雲林人,佇濁水溪邊大漢。

「人無親,塗親。」伊講in兜佇西螺咧kǎng剃頭的,in阿母是某乜人³。我的頭殼浮出in阿母的形影,伊常在佇西螺信義佛堂咧行踏,我讀國中的時陣,bat佇遐蹛1站仔,對in阿母有淡薄仔印象。伊講凡勢咱的序大人有熟似。我報阿爸的名,伊suah驚1 tiô,伊的表情袂輸m̄相信,閣問1 piàn:「你kám誠實是Iú仔的查某囝?」天跤下ná有tsiah-nī拄好的代誌,伊講阿爸是in的恩情人,in規家伙仔知bat修行,攏是阮阿爸的功勞。

我聽阿母講過,阿爸少年的時是1个春風少年兄,1粒海kat仔頭吹kah金sih-sih⁴,誠愛交朋友,惜情、重義氣,bat駛過計程車,蹛過美商勝家公司,嘛bat佮人迌迌過,會曉pok薰、lim燒酒、跋筊,m̄-koh,信一貫道了後,所有的歹習慣全部改kah清氣溜溜。到底是啥物力量予阿爸行入信仰的世界?講起來嘛誠好笑,阿母講一貫道拄開始佇台灣無時行,誠神祕,阿爸好玄想講彼是咧騙人的,beh去查予水清魚現,尾--仔,suah變做虔誠的信徒。阿

爸拄著人就講道理hōng聽,為著beh訓練口才,阿爸定定佇透早天拍殕光⁵的時,家己1个人走去庄尾墓仔埔講經說道「吵死人」。阮阿母嘛是虔誠的信徒,予阿爸的精神感動著,m̄-tsiah嫁予伊做某。

阮阿母的後頭厝佇嘉義市,雖bóng無講誠好額,m̄-koh,阮外公有予伊受教育,阿母真gâu讀冊,個性溫純閣bat代誌,in爸母m̄甘查某囝嫁去庄跤食苦,suah來反對阿爸佮阿母結連理。阿母決心beh嫁予阮阿爸,無顧爸母的阻擋。尾--仔,阮外媽tshiàng講嫁出去的查某囝潑出去的水,好bái攏是命,後擺m̄-thang怨tsheh。

Siáng嘛想袂到,kám誠實婿人無婿命?阮阿爸佇我3歲的時suah來過身去,彼陣阮上細漢的妹妹猶未度tsè⁶。阮阿母滿腹的心酸無人知、嘛無 tè講。日時阿母佇幼稚園教囡仔讀冊,beh暗仔佮歇睏時仔,阮阿母就騎阿爸留落來的oo-tóo-bái四界去huah玲瑯賣雜細,kā阮遮的囡仔央予開kám仔店的春生阿伯in翁仔某照顧,暗時tsiah抱阮轉去厝,等阮khah大漢1 sut-á,隨个仔隨个就tshuā去幼稚園矣。

春生阿伯是阮阿爸的叔伯仔阿兄,in翁仔某攏誠疼惜阮。

若問我對阿爸有啥印象,論真想起來,無,m̄-koh,好笑的是佇我成長的過程中,m̄-bat停止對阿爸的siàu念。

我bat哭kah目箍紅紅，問春生阿伯：「Kám是我無乖？若無，天公伯仔thài予我變做1个無老爸的囡仔？」春生阿伯足m̄甘，伊uân-nā kā我惜惜，uân-nā講：「Gōng囡仔，恁是我看過上乖巧、上kài古錐的查某囡仔！」伊偷偷kā我講：「Beh怪著怪恁老爸siunn過有孝，為著超拔恁阿公、阿媽，m̄-tsiah連命suah無去。」伊講阮阿公khah早刣豬、飼豬，犯殺業、罪重，阿爸本底好好1个人，超拔in爸母了後，suah隨tài著尾期的肺癆。

　　春生阿伯kā我解說超拔的意思，就是kā功德送予死去的親人，予in免閣伫地獄受苦。春生阿伯叫我莫煩惱，伊講阿爸歸空的時，面仔紅gê紅gê，比在生閣khah好看，身軀坐thîng-thîng伫藤椅仔頂，袂輸菩薩坐蓮台，出山的彼1工，有誠濟道親來相送。

　　我國校5、6年的時，做代誌就誠頂真矣，會曉kā阿母鬥做厝內的khang-khuè，洗衫、煮飯、照顧小妹仔⋯⋯暗頭仔，我常在家己1个人坐伫門口埕，ná等阿母賣雜細轉來，ná看天頂的雲彩，有時1蕊1蕊的雲，khōng 1沿金邊洄來洄去，我hàm想、幻想孫悟空kám會騎雲現身，嘛好玄siòng看阿爸kám有倚伫雲頂咧看阮。闊闊的天，引我siàu念蹛伫天堂的阿爸。

　　阿爸，你伫天堂kám有想著阮？國校仔畢業彼年的歇

熱，阿姊kā學校的美術老師講我足愛畫尪仔圖，老師竟然beh免費kā我教，阿姊騎鐵馬載我去西螺，拿1箍銀角仔予我，叫我中畫khà電話去店仔頭春生阿伯遐，伊tsiah來kā我載，規早起我佮美術社的學姊做伙畫圖，畫kah足歡喜的，中畫矣嘛無感覺枵。下課了後，我ná唱歌ná行轉去，路邊的鳳凰花開kah真豔、真紅，鳥仔tsiuh-tsiuh叫，ná唎佮我合奏，我 beh kā彼1箍銀儉起來買紙佮筆。

M̄知行偌久，四箍輾轉看著的是1坵1坵的田園佮親像腸仔的細條路彎彎uat-uat，thái會hiah-nī遠？我2肢跤行kah痠kah，腹肚嘛枵kah大腸告小腸，giōng-beh昏昏去，1个騎鐵馬經過的oo-bá-sáng，伊目睭掠我金金siòng，問講：「查某囡仔，恁兜kám 蹛竹圍仔？」我tìm頭，伊閣問：「你kám是Iú仔的查某囝？」我m̄-bat看過伊，伊suah bat我，我問伊nái知？伊講我佮阮阿爸生做誠相siâng[7]，目睭、鼻仔攏全款全款。伊tshuā我去in兜，叫in後生騎oo-tóo-bái載我轉去。

阿爸！這是我頭1擺受著你的致蔭。細漢的時，阿姊定定展寶講阿爸有偌疼伊，常在提紅嬰仔的時阿爸抱伊的siòng片。有1張背景佇阿里山，阿爸、阿母佮阿姊攏笑kah喙仔lih-sai-sai。Ah若我，kan-nā有1塊錄音帶，內面有我mà-mà吼的聲。阿母講彼kái伊tshuā阿姊轉去

後頭厝看阿媽,放我佮阿爸蹛厝裡,m̄知按怎,我哭規暝,阿爸擋袂牢,規氣提錄音機kā錄起來,管thài我大聲吼。

我真欣羨阿姊,有阿爸的記持。我藏1張阿爸的siòng片,無人的時,我tsiah提出來,有時ná看ná生份,問家己:「這kám是我的阿爸?」受柱屈的時,我會揣1个無人的所在,對阿爸的siòng片大聲吼。有1擺,我佮阿姊冤家,伊罵我愛哭,莫怪阿爸上討厭我,害我睨佇棉襀被內,偷偷仔吼幾若工。

阿爸!你kám正港m̄-bat疼惜我?這个疑問,一直囥佇我的心肝底。逐冬清明,阮規家伙仔攏會去培墓,阮徛佇阿爸的墓前,無聲無說。M̄知uì當時開始,阿爸做忌彼日佮清明,阿姊攏會跋桮kā阿爸報告厝內底大大細細的代誌,了後逐个輪流講,有笑詼、有目屎、有對未來的ǹg望,嘛有綿綿的相思。阿母佮我攏kan-nā佇邊仔恬恬仔看,無講半句話。有幾若擺,我嘛真想beh佮阿爸講話,尾--仔猶原恬tsih-tsih徛佇邊仔。

目1下nih,20冬的時間過去矣,庄仔內的旺叔仔來kā阿爸抾骨,彼1工日頭誠炎,棺材拍開的時,我袂輸看著1个緣投的查埔人對我微微仔笑。阿爸!咱終其尾見面矣,我1等20冬,久久長長的等待。旺叔仔kā阿爸的骨頭清kah誠清氣,囥佇金斗甕仔內。阿爸!我知影阮攏是

阿爸的心肝囝，阿爸！再會，後擺咱佇天堂相會，我會對你講出佇人世間對你深深的思慕，大聲叫你「阿爸」1聲閣1聲。

2002 年寫

---

1 tsū 年：tsū/tsûn-nî，前年，頂年。
2 ak-tsak：齷齪，鬱悶、心煩。
3 某乜人：bóo-mih-lâng，某某人。
4 金 sih-sih：金爍爍，閃閃發光。
5 拍殕光：phah-phú-kng，天剛剛拂曉，現出微弱光線。
6 度 tsè：度晬，滿周歲。
7 相 siâng：sio-siâng，全款，相像。

斑芝花樹的聯想

　　頭起先注意著斑芝花樹，kán-ná是阮拄讀國校仔的時，彼工，阮佮同學佇學校的運動埕𨑨迌，走相jiok耍煞，開始beh覕相揣，hiông-hiông發現，身軀邊1欉大欉樹仔，予sǹg-sǹg叫的冬尾仔風，吹kah葉仔lak kah光光光。伊的樹身懸大閣粗勇，樹枝好親像天然的衫篙仔，提khah濟的衫來吊嘛無夠看，就算曝被單佮棉襀被嘛無問題。

　　轉去厝，我緊kā這个天大地大的發現講予厝裡的人聽，閣叫阮阿母緊種1欉斑芝花樹佇埕尾，按呢寒人就免煩惱衫無tè披、披袂焦。厝裡的人聽我講煞，笑kah精差無làu下頦，閣摸我的額頭看有發燒bòo？種斑芝花樹的gōng想，當然嘛無人kā我信táu，m̄-koh，彼是我頭擺認bat斑芝花樹。

　　自按呢，年年的寒人、熱人，春天、秋天無全的季節，阮攏會注意著司令台邊仔彼2欉親像咧徛衛兵的斑芝花樹。

阮嘛 bat gām 想、hàm 想，想 beh 招囡仔伴來去斑芝花樹跤，抾飛 kah 滿四界的棉仔，想講積積咧，kám 袂當做 1 領鋪棉的外衫？

升起 lih 國校仔 5 年的，有 1 工朝會[1] 唱國歌，老師叫我徛佇台頂指揮，全 1 個時間，司儀嘛換做 1 個隔壁班的查埔囡仔。

彼是我頭 1 piàn 注意著對面全款徛佇斑芝花樹跤的你。阮嘛 m̄ 知你 kám 有特別注意著我。彼陣是 1 个保守、閉思的年代，咱閣是 tann 進入青春期的查埔、查某囡仔，就按呢一直到國校仔畢業，咱攏 m̄-bat 講過話，kan-nā 逐工朝會的時陣，2 个人徛佇對面遠遠相 siòng[2]。

了後，我親像綴風飛的棉仔，飄落他鄉；親像天頂的雲，浪跡天涯。

高二彼年，我 uì 台南轉學轉來故鄉，想袂到 suah 拄著你，這擺咱 m̄-nā 全班，老師閣 kā 我的坐位安排佇你的正手爿。天跤下 kám 有 tsiah-nī-á 拄好的代誌？Kám 是天公伯仔巧妙的安排？

咱好親像真久以前就熟似，真緊就變做足有話講的好朋友。

彼陣，我是落魄天涯轉來的遊子。高中無考牢台南女中，kan-nā 考牢第二志願嘛綴人去讀，讀 1 冬就知影無改

變袂使，因為精神壓力窄kah我giōng-beh袂喘khuì，都市生活逐工目睭擘金就需要錢，除了逐個月厝稅彼條固定開銷，閣有食的、用的。逐piàn阮愛納錢kā阿母伸長手，是阮上痛苦的時，雖然阿母無講啥，m̄-koh，阮若想著伊1个人愛辛苦晟養阮4个查某囝，就足m̄甘的。無想beh閣增加阿母肩胛頭的重擔。我kā家己講，嘛kā阿母頓胸坎、掛保證，拜託伊予我轉學，我一定會考牢大學，袂予阿母失望。

　　落魄天涯的遊子，m̄知原來你是虎尾高中的風雲人物，m̄知你m̄-nā gâu讀冊，鼓吹閣是樂隊內底pûn了上好的，m̄知你是真濟查某囝仔心目中的白馬王子。

　　學校活動中心頭前有1排斑芝花樹，黃昏的時，樂隊攏佇遮的空地仔練習。Uì教室的窗仔遠遠看出去，會當看著你佇樹仔跤pûn奏的模樣。

　　你是眾人注神關心的焦點。

　　彼年，斑芝花樹開kah特別嬌，1蕊1蕊柑仔色的花蕊，好親像予1肢1肢的手骨寬寬仔phóng牢著。滿樹的花蕊，親像柑仔色的胭脂抹kah厚厚厚的喙脣，開喙大聲綴音樂合唱。1首1首好聽的台灣民謠，綴風放送。「西北雨」、「丟丟銅仔」青春活潑，「雨夜花」、「有酒矸thang賣bòo？」哀愁美麗。夕陽佮斑芝花的色水互相輝映，講有

倯婿，就有倯婿。放學了後，阮常在留落來教室讀冊，1無張持，目瞤、耳空甚至規個心思，攏會予窗仔外的音樂聲佮美景siânn過去。

花開花謝，就是花的一生。年年花開花謝。婿閣短的一生。

熱人，柑仔色的厚喙脣，日日聲聲句句咧探問闊bóng-bóng的天，人生有啥物道理？

天地無言，算是伊的回答。無奈，當時的我1 sut-á都無法度體會天地的教化。

性命的議題，摻考大學的壓力，一直逼問我暗淡的青春，我的心肝、目頭結規khiû，我予憂愁捆縛，心悶。

全班同學攏無暝無日咧拚聯考，逐工佇學校讀冊的時間上無有15點鐘久，所有的活動攏暫時停睏，佇最後1年全力拚勢衝，ǹg望會當考牢理想的大學。

一向頇顢計算的我，拄著三角函數 sin、cosine，1粒頭2粒大，讀kah艱苦罪過³。想著數學老師不時正khau倒削⁴，想著讀大學的美夢會毀佇數學的手頭，有1工beh暗仔，同學攏出去食暗頓，壓力袂輸水崩山，我擋袂牢，覆佇冊桌仔大聲吼。

你來矣！來到我的身軀邊，輕聲hiàm我，叫我m̄-thang傷心流目屎，你的聲音柔和suah誠有力。「莫管

thài 別人講啥，我 kā 你講讀數學的撇步，日後你若拄著袂曉的問題，隨時攏會當問我。」你用行動，實現你所講的話。為我療傷止疼，予流血流滴的 khang-tshuì 沓沓仔 kian-phí，你是我的天使，我性命中的貴人。

彼年，謠言滿天飛，講咱是青梅竹馬，是 1 對愛人仔，講……莫管別人講啥，咱全心全意為前途拍拚。

辛苦總算有代價，咱攏順利考牢心目中想 beh 讀的國立大學。轉去故鄉教冊，是你上大的心願。終其尾，你嘛實現你的理想矣。你是故鄉的斑芝花樹，歲歲年年看顧年老的爸母。

斑芝花樹予我想著你。

逐冬斑芝花開，我攏會想起咱中間美麗的情誼。我 kā 思念佮祝福寄託斑芝花樹，送予佇故鄉的你。柑仔色的喙脣，是我 1 聲閣 1 聲殷勤的探問，問故鄉的點點滴滴，問守護佇故鄉的你，一切 kám 平安順序？

2004 年寫

---

1 朝會：tiâu-huē。
2 相 siòng：sio-siòng，互相凝視。
3 艱苦罪過：kan-khóo-tsē-kuà，非常痛苦難過。
4 正 khau 倒削：tsiànn-khau-tò-siah，冷嘲熱諷。

冬瓜的曼波

有 1 个廣告咧賣冬瓜茶，藝人白冰冰 ná 跳 ná 念：「矮仔冬瓜，矮 bóng 矮，人攏叫阮矮肥短，矮閣肥閣短……」動作真笑詼。國校仔時，我生做矮 kòo 矮 kòo，人嘛叫我矮仔冬瓜，我 1 sut-á 都無受氣，顛倒感覺真趣味，因為我愛食冬瓜、愛 lim 冬瓜茶。

冬瓜無論是煮湯、滷鹹，摻淡薄仔薑絲落去，「Ḿ！芳 kòng-kòng！」對我來講這就是山珍海味。削冬瓜皮是阮阿媽的專 bûn 科，累積有半世紀的經驗，逐年熱人伊就開始洗甕仔、tshuân 材料，kā 冬瓜切 1 塊 1 塊曝日，了後囥佇甕仔內，摻鹽、番薑仔、豆 pôo[1]……，中秋了後，規年就有冬瓜 thang 食矣，阿媽料理出來的湯頭，人人食著呵咾 kah 會 tak 舌，祕訣就是 sīnn[2] 的冬瓜。

「矮仔冬瓜」的外號一直綴我到大漢，無法度，tsíng 著阮阿媽、阿母，生袂懸。佇我猶 m̄ 知愛嬌嫌家己 siunn

矮 tsìn 前，阿母就定定 kā 我講：「細粒子，看起來 khah 少年，khah 袂臭老。」M̄ 知彼是阮阿母咧自我安慰，ah 是驚我無自信，先講來安慰我的話？Tsit-má 想起這句話閣有影，m̄-koh，條件是袂使 siunn 肥！

　　冬瓜茶清涼退火，熱人的時 lim 1 甌，偌讚咧。猶會記得細漢的時，開 kám 仔店的阿姆若燃冬瓜茶，就是阮這陣海事兵上歡喜的日子，thìng 候 [3] 燒燙燙的冬瓜茶變冷，無 hiah-nī 緊。M̄-koh，這款 thìng 候是快樂的。阮 uân-nā 耍 uân-nā 派人輪流去巡，一直到囡仔伴 huah 講：「阿姆 beh 開始灌水球矣！」閣 khah 好耍的迌迌嘛暫時先歇睏。1 陣囡仔圍佇阿姆的身軀邊，看阿姆 kā 好食的冬瓜茶灌入去雞胿仔 [4] 做水球，看 kah 喙瀾 tshap-tshap 津。1 粒 1 粒水球先浸佇水底，了後 tsiah 囥佇冷凍庫結冰。

　　阿姆無查某囝，人攏講阿姆 kā 我當做伊家己的查某囝咧疼惜。逐擺，阿姆若 beh 去西螺攏會招我去，伊會 kā 我講：「Ènn--ò！咱來去西螺食肉圓！」伊攏 kan-nā tshuā 我去，予我足歡喜閣足㤉勢。

　　水球結冰了後，囡仔就會 kā 序大人討銀角仔來買，阿姆看著我就會去冰櫥提水球予我講：「Ènn--ò！提去食！」有當時仔阿姆嘛會加提幾粒，予我紮轉去佮妹妹公家。

　　Tsit-má，阿姆猶原咧開 kám 仔店，只是現代科技生

產的各種冰滿滿是,阿姆早就無咧做冬瓜茶冰球矣。

　　1 喙 1 喙的冰冬瓜茶,有我囡仔時代樂暢的記持,我 lim 落的點點滴滴是阿姆對我的愛,充滿愛的冬瓜茶。

2002 年寫

1　豆 pôo:豆酺,豆麴。黃豆或黑豆蒸熟或煮熟,發酵完成。
2　sīnn:豉,用鹽醃製食物。
3　thìng 候:等待。
4　雞胿仔:氣球。

西瓜的曼波

今年熱人上時行的涼的,是1甌1甌500 c.c.的西瓜汁,四界攏有咧賣,有頭家khám-páng kā號做「補血站」、「suh血鬼」,聽起來真恐怖。阮有1擺嘛hōng拐拐去,想講lim看覓咧,lim 1喙就開始後悔矣,西瓜汁的原味攏無去,m̄知咧食啥?

自細漢,阮食西瓜的方式就佮都市人無仝款,熱人的中畫,西瓜mooh來,1刀切落,湯匙仔提來,1人1月開始挖,若剖開是白pû仔[1],隨mooh去tàn掉,小玉仔西瓜khah細粒,就1人1粒,刀仔uì蒂頭遐切掉,直接用湯匙仔挖。食了,西瓜皮會當做帽仔、做面具⋯⋯做各種迌迌物仔,這算是斯文的食法。若佇溪底,西瓜siunn熟piak破去,ah是mooh無拄好摔破去,就當場解決掉,uân-nā食西瓜uân-nā洗面,一兼二顧,摸蜊仔兼洗褲。

阿伯佇濁水溪沙埔種9甲西瓜園,1年收成2擺,過年

前開始整地、tiām子[2]、徙栽仔，6月採收，採收期有1個月長，頭水瓜仔上好食，價數嘛上懸。採收了後，閣隨種第二期，這回所有的稽頭攏愛佇1月日內完成，日頭火燒埔的熱人，佇完全無遮日的溪底，有時uì透早天猶未光做到日頭落山猶閣咧無閒，這期瓜仔風險真大，因為7、8月是風颱期，若拄著風颱來，做大水tshiâng了了，啥物攏無去，beh哭嘛無目屎。M̄-koh，若收成過手，thìng好趁幾若百萬。

細漢時，若學校放學ah是歇睏免讀冊的日子，阮上愛去入西瓜lok仔[3]。1陣囡仔圍佇懸懸的沙仔堆山入西瓜lok仔，彼个畫面變做幸福的記持，我記kah清清楚楚，佇人的門口埕ná耍塗沙，ná kā沙仔入落去lok仔，有時比賽看啥人跤手khah猛掠，輸的人領著錢就愛請人食kâm仔糖，實在真趣味！入10 lok有1角銀，100 lok就有1箍銀，對家境無好的阮來講，是趁錢的好機會。日頭落山，天beh暗的時，遠遠傳來1聲1聲阿母大聲咧叫囡仔轉去食飯的聲，30年矣，阮阿母的叫聲好親像猶閣佇黃昏的故鄉，聲聲咧叫阮的名。

挽西瓜上好的時間是透早日頭猶未出來的時，彼个時陣挽起來的西瓜，就算佇溪底曝規日，剖開瓜仔肉嘛是涼的，這是阿伯kā阮講的，阮嘛有親身的體驗。M̄-koh，販

仔若beh愛，無論暝日嘛愛去挽予伊。

離開故鄉幾若年了後，阮食西瓜的方式嘛綴咧改變矣，無細膩去買著袂甜的瓜仔，嘛學都市人，乖乖仔摻糖絞汁kā lim落去。阮上期待的是聽著阿伯佇電話彼頭笑hai-hai對阮講：「恁當時有閒？緊轉來載西瓜去食！」阮歡喜的是阿伯的西瓜園有好的收成，阿伯彼份情比規車的西瓜閣khah重。

熱人經過西螺大橋，欣賞1大phiàn翠青的田園好光景，請恁斟酌看，橋跤1粒1粒的西瓜，是做穡人汗水tshap-tshap滴累積的希望。

2002年寫

---

1 白pû仔：形容西瓜無熟，破開像匏仔白白。
2 tiām子：播種。
3 西瓜lok仔：西瓜橐仔，西瓜育苗用的透明小塑膠袋。

金瓜的曼波

逐擺去承天寺 peh 山，攏會看著 1 寡 oo-bá-sáng 提家己種的菜佇山跤咧賣，我攏會跤步放慢，金金 siòng 看有賣啥物菜，若有金瓜，我一定交關選買。Kám 是我特別愛食金瓜？我想是因為金瓜 bat 予我的美夢成真，予我真正體會著豐收的滋味。

阮佇雲林二崙的庄跤大漢，雖 bóng 有種作的經驗，m̄-koh，阮 m̄ 是真正的作田人，阮 pīng 無家己的田園。我 3 歲彼年，阮阿爸就來過身去，放阮阿母 1 个人家己晟養 4 个囡仔，就算阿母的目屎哭 kah beh 焦去，現實的生活嘛愛面對，阿母日--時去幼稚園上班，beh 暗仔就騎阿爸留落來的 oo-tóo-bái 去 huah 玲瑯、賣雜細。阿母無閒的時，就 kā 阮寄佇阿伯的 kám 仔店，春生阿伯是阿爸的叔伯阿兄，in 翁仔某攏真疼阮，定定會提 kâm 仔糖予阮食，叫阮愛乖乖 m̄-thang 吵。

阮佮阿爸的親大兄in 1家伙仔蹛做伙，一直到我10外歲分家伙。阿公留2坵田，阿爸kan-nā 2兄弟，tsiàu理講1人1坵，想袂到阮阿伯suah kā阮阿母品講：「Beh愛田ah厝？2項選1項。」若選田，阮就愛搬走。1个查某人tshuā 4个查某囡仔，無厝thang蹛beh搬去佗位？阿母免講嘛愛厝。就按呢，阿伯in佇庄裡khah倚大路邊買1塊地起新厝。了後，阮就免閣去田裡鬥跤手，當然收成嘛無阮的份額。阿母愛阮姊妹仔好好仔讀冊，伊相信有1工艱苦會過去，阮會有美好的將來。

　　阿姊一直ǹg望有家己的田園，佇我小小的心靈嘛有過仝款的願望。阮兜分著的厝，幾若冬後阮tsiah知影厝地是幾若代人公家持分，登記有所有權的名，上無超過10个以上，阮阿伯無可能m̄知這件代誌，一直到kah伊過身，阮猶原無法度諒解伊。

　　阿姊佇台中讀冊、食頭路、結婚、生囝、買厝，有家己的田園變做1个夢，1个ná來ná遠的夢。我儉腸neh肚[1]，佇竹東庄跤用貸款買1間2樓半的厝，環境清幽空氣好，暗時閣會當聽著蟲thuā[2]的叫聲，逐戶厝前攏有車位，厝後閣有1塊空地，厝邊隔壁大部份攏閣起出去，無就是做後花園。

　　我搬入去了後，利用歇睏日kā空地的石頭仔抾抾咧、

塗挖予鬆,因為塗無夠肥,想來想去番薯葉仔khah韌命,就種番薯葉仔,番薯葉仔生kah真媠,我定定下班轉去挽菜、khau草³,感覺誠心適。

　　有1工khau草的時,看著1欉m̄知uì佗位來的瓜仔櫳,看袂出來會是啥物瓜,我感覺真好玄閣趣味,ǹg望伊緊大欉。1工過1工,瓜仔櫳ná 淡ná開,ná來ná ōm⁴,伊無趕緊beh予人知影伊的名,無急beh展現伊家己,kan-nā恬恬釘根、生湠,恬恬仔開花、結子。

　　逐工轉去,阮頭1項代誌就是去看瓜仔櫳kám有全款青翠,食飽了坐佇外口nah涼,欣賞瓜仔葉美妙的舞蹈,有時thàn-gòo有時bàn-boh⁵,有時嗤嗤呲呲⁶,親像咧參詳當時beh予我驚喜。故鄉規園的西瓜櫳,嘛bat跳全款的舞步佇風中迎接我,彼个遙遠的夢佇我的性命中沓沓仔明朗起來。

　　看瓜仔櫳大欉,變作1件重要的代誌,充滿期待。

　　是金瓜!看著伊開出1蕊1蕊大黃花的時,正港予我膽著。紲落1粒1粒金瓜生kah滿滿是,黃黃黃愈來愈大粒,有的生khah矮kóo⁷、有的有圓滾滾的腹肚、有大粒細粒的葫蘆,講袂出來有偌歡喜佮滿足。

　　彼年,金瓜濟kah食袂去,分送親tsiânn朋友閣有賰,予我煮出濟濟好食的金瓜料理,金瓜炒米粉、金瓜麋、羹

湯、金瓜滷鹹……，上簡單的是金瓜炊飯，炊好食袂去閣會當提來去做派、做點心，精差無載去市仔huah賣。

阮雖bóng無田園，m̄-koh，天爸透過1檻金瓜，予阮圓1个作田人豐收的美夢，予阮感受著天爸對阮深深的疼thàng，感恩上帝賜予阮喜樂佮平安。

2002年寫

1　儉腸neh肚：省吃儉用。
2　蟲thuā：昆蟲。
3　khau草：薅草，挽草。
4　ōm：茂盛。
5　thàn-gòo（探戈）、bàn-boh（曼波）：舞步。
6　嗤嗤呲呲：tshi-tshi-tshū-tshū，低語細碎聲。
7　矮kóo：矮鼓，指身材矮小。

虎頭埤的青春戀

佇台南讀大學的日子,是我性命中1段美好的記持,青春佮自由的起磅。全班同學uì台灣各縣市來,逐个人攏有家己的青春夢。

大學頭1冬,除了在地的台南人,其他攏愛蹛宿舍。猶會記得阮彼間4个攏仝科系,阿如是台中女中的,伊按算1冬後beh轉系,有影,伊的頭殼理性、冷靜,精算師會hah伊的個性。Ah若阮3个是彼lō愛眠夢、愛文學的查某囡仔。Khok-khok-khok,學姊相爭khok門,beh替學弟揣學伴、舞伴,體育館的迎新舞會摻聯誼,掀開菜鳥仔大學生活的頭頁。

中晝12點下課,跤踏車騎咧,拚uì宿舍的地下室餐廳治枵,好驚人的鐵馬大軍,正港是成大特有的光景,等我嘛tsiânn-tsò其中1个,自然就無感覺怪奇矣。自細漢佇庄跤,我就已經訓練kah足gâu騎鐵馬矣。紲落4冬,我

真佮意嘛足享受佇台南騎跤踏車pha-pha走的歲月。

日時，上課以外，有足濟社團thìng好去lau-lau咧，逐个社團的學長、學姊攏發揮伊的本領，想盡辦法beh kā好奇行跤到的你留落來，一直用心適的代誌kā你siânn，袂輸若無參加是你人生無法度彌補的遺憾。阮斟酌聽、沓沓仔看、勻勻仔選，看活動時間kám都合[1]會好勢。阮足愛peh山，登山社的學長掀開社團活動的siòng-phōo分阮鼻芳，阮隨予台灣懸山的美景khip牢咧。

玉山紅心柏孤單徛佇3千200米懸的碎石仔tshu-kiā頂，為著生存落去，樹身歪tshuah鬱拗，據在大風siàn、霜雪gàn，活出家己giám硬[2]的人生，連懸山報春花嘛開kah嬌噹噹，青春的笑聲佇懸山回響。阮kā這个peh山夢，囥佇心內，ǹg望有1工徛佇山頂看四箍輾轉的風景。

彼陣的我，m̄敢siàu想。1工kan-nā 24點鐘，我真清楚1寡散工佮暗時的家教勉強予我經濟獨立。夢想佮現實生活愛兼顧，懸山植物堅強的形象活佇阮心內，我嘛beh活出家己的人生。

文學館外面的成功湖，彼个彎弓橋是阮散步、思考的好所在，有時想kah sîn去，hiông-hiông m̄知家己佇佗。對面1大phiàn青lìng-lìng的草仔，佇開闊的榕仔園自在生湠，2、3欉老khok-khok的大榕仔樹跤，不時嘛有民眾

透早就來咧拍太極拳、做外丹功，各人有各人的架勢，ná練身體ná吸收芬多精，全無相kėh感³。歇睏日閣khah鬧熱，有序大人tshuā囡仔參加親子活動，嘛有老大人閒閒佇遐揣伴罔話仙，囡仔人ná耍ná聽故事，誠心適。

　　逐擺上下課騎跤踏車經過成功廳，常在看著濟濟愛跳舞的查埔查某學生佇遐練舞，看in力頭ká-ná電充飽飽的款，綴旋律轉踅、隨節奏tín動，開出1蕊1蕊精神飽滇當青春的花蕊。熱情的音樂催落，隨个仔隨个閣來1段，跳袂煞的青春舞，阮kan-nā注神欣賞就飽醉矣，阮真知家己m̄是彼lō kha-siàu⁴。

　　拜六、禮拜成功廳攏有放電影，阮常在1个人去看電影，不時嘛感動kah流目屎，想人生的種種。有時1陣朋友相招去看電影，電影看煞，做伙去食蜜豆仔冰，大大塊的冰，哺kah khau-khau叫，電影搬啥已經袂記得矣，笑聲佮喙齒哺冰的聲suah留tiàm腦海，tsiânn-tsò青春的印記。

　　Uì成大騎跤踏車去新化虎頭埤，嘛是青春少年家的議量⁵。頭1擺是大一新生聯誼，1大陣菜鳥仔雙雙對對騎1台協力車來回1日遊，早就袂記得到底佮siáng做伙騎、騎偌久。Kan-nā會記得佇虎頭埤beh kò船，我袂giàn乖乖仔坐佇船裡看風景，siáng講查某囡仔就愛激軟tsiánn，

予查埔囡仔展英雄。我想beh試家己kò船仔的滋味。救生衫穿咧，坐好勢，無kò船仔經驗的我，tsiàu船頭家喙教的撇步，真緊就體會著按怎操作彼2支柴船pue的銍角。我佮意kò船仔，感覺足趣味的。

尾--仔，我若去虎頭埤，攏興kò船仔。彼陣猶無跤踏的天鵝船，是講若有，我嘛全款khah愛kò船仔，跤踏的無合我的味。沓沓仔kò，家己掌握船行的方向、速度，拄著風景嬌，ah是手痠huah忝，隨意歇1下，tann頭看天頂的舞台kám有搬演雲ang sió 6？Ah是ànn頭看水泱的變化，隨意自在，綴家己的心，佇潭面gô，誠心適。

虎頭埤是咱台灣頭1个水庫，佇1840年代就有矣，tshím頭仔是大目降村民為著田園起造的水圳。佇虎頭山跤，山形看起來親像虎頭，名就是按呢來的。虎頭山徛佇府城的肩胛頭，恬恬仔看咱台灣命運的變化。因為大地動，埤仔佇1906年大規模tiông建，m̄-nā壩體tiông修，閣起poh岸佮水閘仔，出名的虎月吊橋佇彼陣出世，規個風景區規劃佮建設，大約仔完成。上深的所在，水有40米深，有山有水風景嬌。1954年「虎埤泛月」hông評選做「南瀛八大景」之1，有「小日月潭」的名號，只是評選的過程，m̄知kám有摻水？

100米長的虎月吊橋嘛叫做情人橋，tshāi佇埤潭頂懸，

身軀掠坦橫，不時搖lóo擺hàinn，有情人就愛互相扶持，1伐1伐勻勻仔行，ná行ná欣賞美麗的光景，有夠浪漫。不管是早起日頭光tshiō水面，ah是黃昏西照日，水波光iānn-iānn，雙人行佇彼板lióh-á彎彎的情人橋，充滿詩意，足siânn人目。

古早在地的文學家有七言絕句〈虎頭埤八景〉，其中「水橋虹影」就是咧寫虎月吊橋。「隱隱飛橋隔野煙，洪流一道瀉平田，雲間未霽何垂彩，萬丈紅霓落九天。」詩人描述佇雲煙猶未散去的時，天頂的虹佮吊橋，倒照影出現佇水面的美景。咱kā淺想，kan-nā橋就媠kah有賰矣，閣有七彩的虹做伴，定著媠kah人人呵咾kah會tak舌。

橋頂、橋跤、水面、水邊，規个虎頭埤滿四界攏有咱雙人的形影、青春的跤跡。行過吊橋彼爿就是水中央的島嶼，島上涼亭仔跤是咱歇睏、吹風、看風景的好所在，歇睏日有袂tsió遊客佇遐欣賞風景，彼陣遐就先讓in。

咱做伙佇虎頭埤出入，已經是大學尾2冬的代誌。你uì台北商專出業做兵煞，參加插班大學考試，來佮阮做同學，開學時10外个新同學輪流徛起lih台頂紹介家己。輪著你開喙，我tann頭影1下，hiông-hiông靈光ná sih-nah⁷閃過，都無1秒，我的靈魂認出你：我的Mr. Right。頭殼隨騙講無彼lō代誌，無影無跡，自動kā彼个

記持抌掉，準拄煞。大約10冬後咱總算結婚，我tsiah回想著斯當時的情形，有日記替我證明。

運命自有安排，經過1學期咱tsiah khah熟似，了後閣有濟濟機緣，予咱愈行愈倚。有1工同學阿玲紮1隻草暝仔轉來宿舍，m̄知用啥物草仔pīnn⁸的，手路不止仔幼，pīnn kah古錐kah，逐家攏真欣羨，聽講是你送的。你講前1工下晡，你心情無kài好，去虎頭埤散步，佇大門口拄著1个老人咧賣，看起來真古錐，想講我可能會佮意，就拍算買來送我，suah等無我出現。阿玲經過看著彼隻草暝仔真佮意，tsuán規氣送予伊。原來，你嘛佮意虎頭埤。

「這个gōng大呆，tann這聲害矣，你欠我1隻草暝仔。」講嘛怪奇，我tsìn前去虎頭埤hiah濟擺m̄-bat拄過，後來咱做伙去嘛攏無看著，彼个老人tsuán消失去，1隻無收著的草暝仔suah活佇阮心內。

有時陣咱佇虎頭埤散步，《湖濱散記》冊裡富哲理的話會tsuán跳出來。想像作者佇Walden湖邊散步，kā思想佮體會寫落來。Nǹg過時間、空間佮咱佇遮相拄，引tshuā咱思考。「我kan-nā想beh欣賞大自然，無想beh獨占，因為我無想beh做奴才」、「獨占，變成奴才；分享，得著自由」，腹腸闊閣婿。咱坐佇水邊ná吹風，ná恬恬感受大自然的婿，是1種幸福佮恩典。環山步道有濟濟花樹

欉佮活潑的膨鼠嗤嗤呲呲,陪咱聽鳥仔唱歌詩。

彼陣你足愛釣魚仔嘛足gâu釣魚仔,曾文水庫、烏山頭水庫攏bat去釣過,虎頭埤自然嘛有咱的釣點。我驚蟲嘛m̄敢掠魚仔,猶會記得頭1擺你tshuā我去釣魚仔,替我kā釣餌勾予好、釣線擲出去,紲落咱做伙坐佇水邊等待,目睭斟酌看水面浮筒kám有咧tín動,浮筒若tín動表示魚仔來食餌,這時,就愛緊kā釣篙仔攑起來,tsiah勻勻仔kā魚仔giú轉來,siunn粗魯釣線斷去就nóo-sut[9]。浮筒總算咧tín動矣,我緊kā釣篙仔攑起來,感受著線彼頭不止仔重,心內想:「哇!Kám有影?頭1táu就beh予我釣著大尾的。」你kā我鬥giú,giú近tsiah發現是1隻龜。我頭擺釣魚,竟然釣著龜。你kā我講魚仔驚龜,龜來魚仔就走了了,損龜的意思原來是按呢來的,彼táu咱正港釣無半尾魚。

釣魚仔代早就是年久月深的往事矣。以早對咱來講,釣魚仔是趣味的代誌,逐擺釣煞,咱隨kā魚仔放倒轉去,無予伊失去性命。M̄-koh,咱閣khah細膩,嘛是會害伊驚惶,害伊失去自由,m̄-nā按呢,有時魚喙會予勾仔傷著、魚鱗予網仔tshè著。Kā快樂建立佇別人的痛苦頂懸,這個「別人」雖然m̄是人類,嘛是有情眾生,佮咱全款會感受愛佮疼。Siáng願意失去自由、心驚膽嚇就準是1下仔?Kā

魚仔放轉去的時，歡喜心無--去，kan-nā賰ná來ná不安的心，釣魚仔高手已經無法度穩心仔釣魚矣。尾--仔，咱決定buái閣釣魚。佇咱後來食素食、認真修行了後，tsiah明白過去咱釣魚仔的行為有偌無明。

大學4冬，咱到底去虎頭埤幾擺嘛算袂清，連阮阿母佮小妹罕得來台南，嘛是tshuā去虎頭埤迌迌。佮意虎頭埤kám因為伊的婧風景？Ah是遮有濟濟屬於咱的成長故事佮青春戀歌。

離開台南，罕得轉去。2017年因為1寡原因，咱常在落南去高雄。有1回翻頭，拄好有時間，咱心內想的竟然仝款，去成大行行咧，順紲去虎頭埤。成大校園phīng以早閣khah婧，榕仔園的老榕仔樹仝款勇kiānn，徛佇遐笑看學生來來去去。大路鋪婧婧kā規个學區箍做伙，附近店頭濟kah鬧熱kah。

虎頭埤大門佮第一碼頭加真氣派，有全國第一隻電動太陽能船大目降1號，閣有天鵝船佮新式的獨木船，khah早我上愛的彼lō柴船仔kán-ná無去矣。碼頭來2隻紅喙phé的烏天鵝，拄好展sit飛，khah早平凡的鵝仔、鴨仔嘛無去矣。佳哉，猶原有山有水有你有我，風景仝款hiah-nī婧閣迷人，咱kám是來遮tshiau揣咱青春的形影？咱tshuā咱的生毛囡仔Grace來遮迌迌，見證咱行過的青春。

18 姑娘 1 蕊花，青春少年少女情愛當美麗。進入中年，咱漸漸體會青春佮年歲已經無關係，青春是 1 種心境，1 種想 beh 閣 khah 美好的熱情，咱若無放棄成長就青春袂老。懷抱熱情，對咱的語言、文化有堅持；對咱的土地、國家有疼心、有愛戀；對未來有 n̂g 望，咱的青春戀歌就會繼續唱落去。梭羅 10《湖濱散記》充滿哲理的話，閣 1 擺佇我的頭殼浮現：「人佇家己成長的土地徛起，tsiah 會使講伊是豐富佮堅強的。」

2022 年寫

1　都合：too-ha̍p，場合時機狀況拄好。
2　giám 硬：堅強。
3　相 ke̍h 感：違和感。
4　kha-siàu：人員、角色。
5　議量：gī-niū，消遣。
6　sió：秀，表演。
7　sih-nah：爍爁，閃電。
8　pīnn：辮，編織。
9　nóo-sut：門都沒有。
10　梭羅：Henry David Thoreau，著《湖濱散記》。

第三 pha

生活記事

古道三溫暖

　　拄出社會，佇台北市食頭路，1个人蹛佇南港，雖然都市有都市生活的利便佮趣味，m̄-koh，阮猶原khah佮意庄跤、大自然的景緻。歇睏日，定定朋友伴招招咧，做伙來去peh山看風景。草嶺古道是我上愛的路線之1，m̄-nā會使peh山、耍水，閣會當欣賞野薑仔花、菅芒花，上趣味的是徛佇山頂看宜蘭的龜山島，giōng闊bóng-bóng khóng色[1]的天佮海相攬，龜山島佮沿海的光景攏佇目睭底。

　　1陣人做伙去迌迌，有伴la-le[2]滾笑，khah袂稀微；有時1个人出去行行咧，予家己思考人生的種種，有寂寞的必要。有幾若擺，我家己1个人行佇草嶺古道，行入去另外1個時間佮空間的通道，行入去歷史內底。

　　離開南港了後，khah罕得去草嶺古道。M̄-koh，對草嶺古道suah有真特殊的感情，歡喜的時、心悶時，攏會想著彼个所在，無去行行咧無法度siau-tháu[3]心肝頭莫名的

相思。逐擺去，阮攏揀出日頭的天氣，久來suah袂記得草嶺古道原來是透風罩雺出名的。

這擺，阮總算淡薄仔體會著古早人行這條山路的滋味。

透早起來，阮簡單紮2粒飯丸、1包餅、2罐水，趕去坐火車。經過雙溪，我報阮翁看溪邊1、2蕊早開的野薑仔花，火車liâm-mi⁴就到Khōng-á-liâu⁵。落車的時，時間猶早，m̄-koh，日頭公仔用伊上大的熱情迎接阮。阮順雙溪河ǹg南行，過去靠山倚水規路清涼，tsit-má，予日頭曝1下規身軀開始流汗，suah起欣羨人徛佇水底溪釣的清涼。沿路田園的景色真媠，路邊若種2排大欉樹仔jia日，會閣khah媠。過明燈橋，橋跤有3、5个釣客。佇山明水秀的所在釣魚，m̄管釣有ah釣無，攏是天大地大的享受。

順「遠望坑溪」向前行，路誠平閣好行，日頭火燒埔suah無thang閃，熱kah giōng-beh昏昏去。想beh耍水來降溫，水suah小可仔濁濁，原來是有工程咧進行。路邊遠遠的所在，比頂擺來的時加2座涼亭仔佮1个停車場，看範勢kán-ná beh做1个露營區的款，beh予車駛到內面，莫怪過去uì Khōng-á-liâu火車頭到遮，鐵馬專用道無去矣。甚至有人規氣kā車駛到「跌落馬橋」，這個橋名的由來，傳說講往過有人騎馬過橋，因為路siunn細、橋siunn狹，佇遮lioh-á無細膩就跋落橋跤，tsuánn kā號

跋落馬橋。

　　過跋落馬橋，就是草嶺古道正港 peh 山的開始。阮已經熱 kah、忝 kah 跤痠手軟。佳哉，溪水清清清、涼涼涼，坐佇石頭仔，hòo 水[6] 沃阮已經熱 kah、紅 kah ná lìng-gooh 的喙 phé[7]，1 piàn 閣 1 piàn，siau-tháu 熱的 khuì 絲。阮相潑水迌迌，跤底的石頭滑滑滑，小可仔無注意就 tǹg 落水底，2 个人相 siòng 笑規晡。雖然耍 kah m̄ 甘走，嘛是愛起行。

　　日頭繼續綴阮的尻川後，耍水澹去的衫仔褲，無偌久隨焦了了。閣來是 1 段全 peh kiā 的山路，石梯 2 爿的樹仔，樹 ue 發 kah 真 ōm，規路誠清幽，親像仙蹤渺渺。

　　日頭 m̄ 知當時予雲閘去，感覺 beh 起風矣，天開始落 sap-sap-á 雨[8]，雨 ná 落 ná 粗，阮緊去頭前的涼亭仔跤覕雨。看著真濟人嘛攏佇遐歇睏、食晝。亭仔跤有影鬧熱滾滾，有的食包仔、饅頭，有的食餅、食 pháng，嘛有人紮粽。斟酌看錶仔 tsiah 知影已經過晝矣，阮 kā 飯丸提出來食，雖然食著冷 ki-ki，m̄-koh，感覺誠好食，檢采是腹肚起枵的關係。

　　亭仔外，雨落袂煞，天氣 ná 來 ná 冷，風掛雨[9] 佇頭前等阮面對。1 陣人予群山包圍，有人 kā 利便的黃色薄雨幔幔咧就起行，有的佮阮仝款無雨幔 thang 幔，想無步 beh

按怎？佳哉，阮閣有1支雨傘。

天色ná來ná暗，風大雨大嘛是愛繼續行。行無偌久，阮的衫仔褲就澹漉漉矣。經過石碑，1粒大石頭頂懸刻「雄鎮蠻煙」4个字，阮已經無心tsiânn欣賞蒼勁有力的筆劃。

傳說1867年劉明燈北巡Kat-má-lán[10]，佇草嶺古道，拄著霧煙散霧，揣無路閣揣無方向，就原地倚名勒碑、鎮山魔。想袂到，今仔日阮嘛佇遮見識著霧霧罩山頭。

風誠透，雨tshu閣粗，袂輸千萬支針插入去身軀，1支小雨傘閘遮澹遝，m̄知如何是好，四箍輾轉看去白bông-bông，連青綠色的菅芒嘛幔1 iân白紗仔，tsih-tsài 袂牢予風siàn kah頭lê-lê，熱人的6月天，阮thah 1領薄衫仔，竟然寒kah起雞母皮。

霧霧中lioh-á看著虎字碑就佇無偌遠的石梯邊，碑石是有砂岩，懸6尺、橫7尺，石面磨kah平平，刻草書虎字，取易經「風從虎、雲從龍」的意思，kā字刻佇石頭頂鎮風魔。

草嶺古道是khah早台北thàng宜蘭陸地唯一的路，咱會當想像彼个時陣行這段路一定比現此時閣khah艱難千萬倍。

「啞口廣場」彼个倚懸懸柴起的觀景台，過去是阮歇上久的所在，倚佇遐所有的煩惱佮憂愁攏tsiâu無去，風kā流佇你心肝底的目屎puē走、吹焦，khóng色的大平洋佇

你的耳空邊輕輕唱歌詩，對你講：「你是開闊、平靜的大海，是上帝完美的展現。」是 lah，無風不起浪，海湧消失矣。佇宇宙億萬年的歷史內，咱規世人就親像目 1 nih[11]，世間代可比 1 粒粒仔沙 sap。

龜山島恬恬仔聽海對山唱情歌，恬恬仔欣賞身軀邊 1 蕊蕊的水花 ná 璇石 khōng 海垺。

明知影雲厚厚厚，1 phiàn 白 bông-bông 無啥物 thang 看，嘛是固執 peh 起去觀景台，感受天地另外 1 个無仝的面腔。風發威 kā 雨傘吹 kah 開雨傘花，人瘦閣薄板檢采會予風吹咧走。浪漫的阮，幻想家己是早開的菅芒花，佇風雨中雲遊太虛。

經過大里天公廟，閣過就是遊客中心，1 支小雨傘 thuh 過萬里長山，thuh 過天邊海角，這回可比咧洗三溫暖。

坐落來 lim 1 甌芳 kòng-kòng 的烏咖啡，酸、苦、澀的滋味佮沓沓仔回甘的尾韻入喉，袂輸是咱的人生。有時星光，有時月圓，有時出日，有時落雨，人生的路途，m̄ 管沿路是風是雨，m̄ 管是 m̄ 是爛田準路，凡勢阮的夢想袂實現，凡勢澹漉漉是阮狼狽的模樣，有溫柔、體貼的你陪伴，阮心內充滿感恩，無 1 sut-á 怨 tsheh。

2004 年寫

1 khóng 色：紺色，深藍色、蔚藍色。源自日語。
2 la-le：開講。
3 siau-tháu：抒解情緒、壓力等。
4 liâm-mi：立刻、馬上、隨時。
5 Khōng-á-liâu：貢仔寮，貢寮。
6 hòo 水：戽水，潑水、灑水。
7 喙 phé：喙顊，或唸 tshuì-phué，臉頰、面頰。
8 sap-sap-á 雨：霎霎仔雨，細雨霏霏。
9 風掛雨：透風落雨，風雨交加。
10 Kat-má-lán：Kavalan，噶瑪蘭。
11 目 1 nih：1 目𥍉仔，一瞬間、一眨眼。指很短暫的時間。

都市做穡人

　　佇繁華的大都市蹛beh 30冬矣,到tann阮上佮意的猶原是大自然,講我的身軀蹛1个老靈魂嘛無要緊,拆白講,我就是愛田庄生活開闊閣自然。M̄-nā kan-nā我按呢niâ,佇大台北有袟tsió的都市人,歇睏日ah是下班了後,嘛想beh去種菜、沃水、曝日頭花仔,凡勢in心內嘛思念草地的自然。

　　農會對市民農園是鼓勵佮支持的,市區佮郊區足濟地主kā田園整理做10坪1 kóo租予人。滿足都市人想beh體驗種菜、耍塗的滋味,ǹg望食著家己種的有機菜。Tsiânn-tsò 1个都市做穡人,m̄-nā有無仝的生活體驗,閣趁著身體康健,實在有夠讚,有影是一兼二顧,摸蜊仔兼洗褲。

　　M̄-koh,beh食家己種的有機菜蔬,真正無hiah-nī簡單。你家己來試1下鹹tsiánn,就知我講的是有影ah無

影。阮佇土城租1塊地，uì 菜鳥仔到tann 18 冬矣，看足濟人來來去去。遮的市民農園離捷運站近kah，行路免5分鐘就到矣。彼陣佮阮仝款想beh租菜kóo的人濟kah，名單排kah thàng海墘，佇遮有地足tshia-iānn[1]。

經過田頭家面試通過阮tsiah租著，你看有hàm bòo？M̄-koh，tsit-má 逐家kán-ná無hiah痟矣，檢采有khah退時行，閣再講若猶未退休的都市做穡人，愛克服食頭路的問題，若都合袂好勢嘛做袂來。

種作佮做任何代誌全款，一定愛有時間佮hē決心，m̄管按怎攏愛堅持落去，開時間、費精神、綿爛做，1冬1冬過去，終其尾會愈來愈有心得。

上好規家伙仔做伙tshuā去菜園，uân-nā享受天倫uân-nā感受大自然的嬌，予囡仔有機會接近大自然，耍塗、認bat花草佮蟲thuā。心情放輕鬆kā當做全家的休閒活動，凡勢嘛會使順紲減肥neh。小吹寡自然風、曝寡日頭花仔，規个人筋骨軟lióh、精神飽滇，予規身軀細胞吸收正能量，若因為按呢厝裡大大細細閣khah勇kiānn、樂暢，彼是開錢嘛無tè買的幸福neh。

隔壁kóo的阿義仔就是上好的例，歇睏日伊攏會招某囝做伙來菜園，bóng耍bóng鬥做，伊講in後生本底是都市sông[2]，若問伊啥款動物、植物攏m̄-bat，蟲thuā閣khah

免講，tsit-má，有thang摸塗、耍水，挽菜閣掠蟲，生活加心適kah，就算講要kah規身軀烏mà-mà嘛無要緊。

歇睏日阮翁仔某常在佇菜園做穡，khah粗重的穡頭，像挖塗、掘菜kóo、搭棚仔，阮翁攏會抾去做，做kah無閒tshì-tshì，大粒汗、細粒汗tshȧp-tshȧp滴，規身軀臭酸汗味，無紮衫仔褲去換嘛袂得。Ah若khah輕可的穡頭，比如tiām子、種菜栽仔、khau草、沃水、挽菜攏是我的專bûn科。

平常時仔下班了後，我愛緊轉去煮暗頓，菜園全款嘛是伊去咧做，伊phīng我閣khah要緊菜園的khang-khuè，伊定定講：「植物佮咱人全款，攏需要關心佮照顧。」所以，若無去kā巡巡lau-lau咧袂安心。

阮堅持用上自然的方式種作，無beh用農藥佮化學肥料，1寡動物性的肥料像骨頭hu、豬屎、雞屎阮嘛袂考慮，阮的菜園phīng有機閣khah有機，是各種生物的遊樂園。田蛤仔、刺毛蟲、蜂、iȧh-á、露螺、káu-hiā，鬧熱滾滾，塗底閣有濟濟的杜蚓仔咧kā阮鬥鬆塗。

露螺是peh懸peh低的高手，時常趁阮無注意的時陣，peh起去紅椿樹頂，娘仔樹嘛定定有露螺仔囝的形影，阮足想beh問伊：「Peh hiah-nī懸kám m̄驚跋倒摔落來？」阮心內giâu疑uì遮的角度看著的風景檢采khah迷人。遮

的káu-hiā是一粒一的工程師，無暝無日咧建設in的王國，m̄-nā塗跤有in起的厝，檸檬樹ue頂懸葉仔密tsiuh-tsiuh的所在嘛有in的岫。莫怪柑仔蜜佮草莓的滋味，有偌甘甜，問in上知。佳哉in誠分張，有留1寡分阮食。

你若問我食家己種的菜蔬佮果子是啥滋味，簡單講就是足安心niā-niā。付出氣力佮精神換來的清甜hām樂暢，當中的滋味家己上了解。佇這個過程，阮的身體hām心靈攏得著tháu-pàng佮成長，阮學著濟濟人生的功課，感受著上帝滿滿的奇蹟。

看植物uì 1粒仔子落塗，開始伊的旅途，tsīng puh-ínn[3]到大欉，經過偌濟風吹、日曝、雨lâm、蟲咬，in hiah-nī-á勇敢去面對tîng-tîng-thảh-thảh[4]的考驗生存落來，閣提供咱人類上鮮的菜蔬佮果子，滿足咱身體需要的各種營養，這kám m̄是上帝的恩典佮賞賜？

古早人講：「人無tsiàu天理，天無tsiàu甲子。」阮有真深的體會，這幾冬地球發燒，天氣變化足大，極端氣候威脅天地萬物的生存，阮相信濟濟的做穡人攏感受著暖化造成的氣候異常，予種作變kah困難kah。阮ǹg望閣khah濟人思考咱現代人的生活方式，早日覺醒hām大自然和諧鬥陣。

2013年寫　2023年改寫

1　tshia-iānn：奢颺,大派頭、大排場。排場太過奢華,有負面意味。
2　都市 sông：m̄-bat 庄跤的物件、代誌、禮俗,土包子、城市鄉巴佬。
3　puh-ínn：發芽。
4　tîng-tîng-thah-thah：重重疊疊,層層累積相疊。

走揣春天的跤跡

連紲幾若工，攏是寒閣溼的落雨天。

草山的花季，宣告結束。Kan-ná 賰記持中的櫻花，佇夢中相見。我已經佮今年草山的粉紅媠姑娘風中的櫻花相閃身，我無想 beh 閣 kuè-kòng[1] 規个春天。

裒相機紮咧，換 1 su 予家己上輕鬆的衫仔褲，閣加上好走好行的鞋仔。這是拜訪春天上 siak-phah[2] 的妝 thānn[3]，管 thài 伊看起來 kám 有綴流行，咱 beh 來去欣賞春天的媠，有好心情，人自在、快活 tsiah 是上要緊的。

花季真正已經過去矣。來到草山公園，我揣無櫻花的跤跡，伊無留落來任何蹤影，好親像從來 m̄-bat 來過。連近在眼前的紗帽山嘛予霧霧罩牢著，看無伊圓滾滾飽滇的形影。報春花欉，枝骨頂頭賰幾蕊孤單稀微的花蕊，無血色的紅佮慘淡的白，kâm 著珠淚，佇花謝落塗 tsìn 前，輕聲低調彈出伊惜別的心 tsiânn。

無人欣賞的花蕊是寂寞的。原來，我m̄是知音。心內有淡薄仔抱歉。歇睏日，遊客中心挨挨陣陣⁴，人插插插，連去1下仔便所，嘛愛排隊排kah長lò-lò，有夠無方便。嘻嘻嘩嘩的吵鬧聲，予阮感覺ià-siān⁵。平常時的下晡，公園內無半个人影。我聽著家己的跤步聲。今仔日，tsiàu理講，應該安安靜靜，會當恬恬仔欣賞美麗的光景，佮大自然展開心靈的對話。M̄-koh，怪奇的是空氣中充滿淒淒迷迷的氣氛。寂寞kā規个草山公園tiùnn kah闊bóng-bóng。

　　公園喙，賣果子的頭家，生理無人客來交關，1份報紙掀來掀去，精差無掠蝨母相咬⁶。行過去佮伊相借問，關心草山的春訊。頭家人無意仔無意應講：「今年ná有啥花thang看？早就予雨拍kah落了了矣。」阮1時tsuán恬去。今年春天ná會tsiah-nī冷？鋒面袂輸海湧1波閣1波，當時tsiah會煞？答案kan-nā天知影。

　　頭家報阮去竹仔湖看海芋仔。記持中的海芋仔，佇日頭光iānn-iānn的日子，嬌閣笑迎接阮的光臨。鋪排莊嚴隆重的儀式，青ling-ling⁷的地毯，1 sut-á都無輸予招待國家元首佮明星咧行的紅地毯。純潔的少女，穿著剪裁簡單、大pān的純白嬌衫，用伊的熱情佮活力，跳出迎賓的舞步。予阮無法度放袂記得的是：彼時，金色的日頭掖

1 iân金仔粉,白phau-phau的天仙美女,佇日頭跤閃閃sih-sih,更加siânn人目。

車到竹仔湖,窗外sap-sap-á雨落袂煞。看來阮是無緣thang接受記持中盛大的歡迎。M̄-koh,窗外的遊客,予阮大開眼界。原來探訪春天的台北人,tsiâu來遮報到。雙人攑1支小雨傘,佇綿綿小雨中散步,糖甘蜜甜的滋味in家己上了解,邊仔的人嘛做伙感受浪漫的情調,享受予花包圍的幸福。

雨中的海芋仔田,有無仝款的景緻,予阮全新的感受。佇風雨中的閱兵大典,有氣魄suah無嚴格的紀律。袂輸是1大陣拄穿著草綠色兵仔衫的菜鳥仔,頭擺參加盛典,聽著司令官的口令,驚kah phih-phih-tshuah。做兵袂當滾耍笑咧,ah是來寡淡薄仔輕鬆的舞步khah趣味。

M̄驚寒的少女,穿1軀白siak-siak、薄li絲的衫仔裙,綴風的旋律踅身弄舞。伊散發出薄薄的清芳,tshuā我轉去囡仔時。1个落雨天全款愛出去耍的查某囡仔,偷偷仔攑阿母的花仔雨傘出門,跤骨袂輸鳥仔跤suah穿1雙大雨鞋,好親像káu-hiā戴龍眼殼。落雨天閣滿四界去𨑨迌,lioh-á無張持,雙跤踏落路糊糜仔,用盡suh奶仔力嘛giú袂出來,閣笑kah giōng-beh làu下頦。

哈哈哈,我已經袂記得落去海芋仔田是beh挽花矣。

各種色水的雨傘，佇白色的花海中走跳，親像魔法全款，1 欉 1 欉會曉行路的花樹，形成 1 个誠心適的畫面，五彩繽紛的花樹 kā 本底純白的世界變 kah 鬧熱 phut-phut、多姿多彩。

　　無偌遠的所在傳來：「烘番薯 ooh！好食的番薯來 looh！」芳 kòng-kòng 的氣味綴風吹來，佇這个時陣，有烘番薯來治枵，閣有薑母茶 thang lim，身軀佮心靈規个攏燒烙起來，這種簡單的幸福，予阮滿滿的快樂。

　　逐个人手 phóng 1 束海芋仔，面仔微微仔笑，我知影春天並無佮阮相閃身，春天佇竹仔湖佮阮相拄，春天嘛會永遠蹛佇阮的心肝內。

2006 年寫

1　kuè-kòng：過槓，錯失良機。
2　siak-phah：帥氣。
3　妝 thānn：妝娗，tsng-thānn，妝扮。
4　挨挨陣陣：人 kheh 人，摩肩接踵。
5　ià-siān：厭癀，疲勞困乏、厭惡倦怠的感覺。
6　掠蝨母相咬：指一個人非常清閒，甚至閒到無聊得受不了。
7　青 ling-ling：或唸 tshenn-lìng-lìng，青蘢蘢，形容草木蒼翠欲滴的樣子。

游泳池的 làu-khuì 代

　　連紲 3 工,天氣攏真寒,人講:「3 月初,寒死少年家。」這句話提來新曆 3 月的今仔日,閣嘛有通,細漢時阮阿媽定定講「春天後母面」,講春天的天氣 huah 變隨變。雖 bóng,我袂愛阿媽講的彼句話,感覺 kā 後母的形象講 kah bái 去。M̄-koh,最近的天氣正港 liâm-mi 寒 liâm-mi 熱,變天比 pìnn 面 khah 緊。

　　電話 giang-giang-giang,提醒我 m̄-thang 袂記得去上泅水課,阿娘喂!寒流來,氣象報告講合歡山佮玉山攏咧落雪,按呢 kám thang 去泅水?真 gâu,揀這種日子開課!

　　外口閣咧落雨呢!真想 buái 去準煞,m̄-koh,想講咱做人愛有信用,攏報名矣,時到日到 tsiah m̄ 去,oh 得交代,閣再講若逐家攏無去,kā 教練放粉鳥,kám m̄ 是真害咧?

　　Tshân-tshân-á 豆乾切 5 角,雨慢慢咧,終其尾嘛

出門矣。有影來 3 个勇敢的職員，是勇敢的學員 lah，我就是其中 1 个。啥物溫水游泳池？阮寒 kah phih-phih-tshuah，教練先教阮韻律呼吸，浮佇水面，跤拗彎、拍水、佇水底徛起來，叫阮放輕鬆 m̄-thang 驚水。

　　總算下課的時間到矣，教練講天氣真冷，伊 beh 去浸溫泉矣。阮 3 个嘛隨綴咧 peh 起來，1 个有代誌 beh 先走，我 beh 去浸硫磺水，予身軀 khah 燒烙咧。無偌久，學員阿玉仔嘛 uì 中藥池過來做伙浸硫磺水，接紲 1 月日阮攏 beh 做伙學泅水，阮 2 个 tshìn-tshái[1] 講東講西 bóng 開講熟似。伊話講都無 3 句，我感覺身軀淡薄仔熱熱，歹勢隨走，想袂到等 kah 我感覺頭殼小可仔眩眩、心肝頭 tso-tso，beh 緊 peh 起來坐佇池仔墘，袂赴矣，hiông-hiông 規个人 gōng 神去。

　　目睭擘金，我 the 佇塗跤，看著幾若个人佇邊仔，in kā 我圍咧、giú 咧，我的耳空內面 tsiâu 水，m̄ 知發生啥物代誌。有人 kā 我插去 tshiâng 冷水，提毯仔予我幔咧，有人 phâng la-lûn-á 燒[2] 的茶予我 lim，閣有人予我 2 塊 tsioo-kóo-lè-tòo[3]，叫我坐咧 uân-nā 食 uân-nā 歇睏。我 liàn 落水的時，阿玉仔 tshuah 1 tiô，伊吱 1 聲大大聲，我隨 hông giú 起來，這是我醒過來了後，阿玉仔 kā 我講的，伊吱彼聲，我當然無聽著，嘛 m̄ 知家己 liàn 落水。Uì m̄ 知

人到醒過來，聽講無超過1分鐘，自頭到尾袂輸咧眠夢，好佳哉，我有醒過來！

我笑笑仔kā逐家會歹勢，坐1 tah久，等身體khah sù-sī淡薄仔，tsiah緊去換衫。到換衫間仔，1个媽媽看著我，掠我金金siòng，問我講：「你kám是拄仔昏去彼个？」我kan-nā tìm頭gōng-gōng-á笑，伊講：「咱查某人愛細膩，若khah貧血，人浸15分鐘，咱5分鐘就好矣，昏去誠危險。」另外1个媽媽拄好衫換好出來，m̄知是安慰我，ah是講真的，伊講家己定定嘛浸kah昏昏死死去，伊笑講有1回1个人看伊teh-beh昏去，khȯk-khȯk問伊厝裡電話幾番，有夠hàm，伊講kah好親像誠實有影的款。看--來，我第一擺學泅水，無疑悟[4]轟動規个游泳池，真正有夠歹勢！不而過，嘛因為按呢，我感受著人佮人互相關懷。佇寒寒寒的日子，感受著厚厚厚的人情味！

2003年寫

1　tshìn-tshái：清彩，隨便。
2　la-lûn-á燒：半燒冷，不冷不熱。
3　tsioo-kóo-lè-tòo：巧克力。源自日語チョコレート(chokoreeto)。
4　無疑悟：bô-gî-gōo，不料、想不到。

赴山佮海的約會

　　彼年熱天，阮佮阿母坐火車去太麻里，阮滿腹期待，赴 1 場山佮海的約會。上無有 20 年矣，阮 m̄-bat 佮阿母鬥陣坐火車長途旅行，阮規路 ná 看窗外的風景 ná 開講。

　　我想著細漢的時，有 1 擺阿母 tshuā 阮 4 个姊妹仔，去庀姨 in 兜。透早，阮規家伙仔趕去坐客運，閣盤車去到斗六火車頭。阮 4 个囡仔，拄開始暢 kah 規个人攏活跳跳，沿路唸歌謠、報站名、giāng-kián[1]……。經過 1 暝 tah tah，猶未到中壢。阮坐的講是平快車，其實是逐站攏歇的慢車，有當時仔停 kài 久，thìng 候自強號佮莒光號 siuh 1 下經過，tsiah 閣輪著阮起行。

　　日頭 beh 落山的時，阮已經𫝏 kah 人 siān-tauh-tauh[2]、軟 kauh-kauh[3]。查票的阿叔叫阮耐心等待，閣好心提幾若包棉仔紙，來予阮做枕頭睏。阮隨个仔隨个睏去，半暝醒來全款彼句話：「Beh 到位未？Tann 到佗位？」窗仔外，

烏mà-mà，阿母規暝攏無睏咧看顧阮。天光以後，中壢嘛總算到矣，外省仔姨丈駛軍用車來載阮，彼是阮頭1擺坐著hiah氣派的車，印象誠深。我問阿母kám會記得這項代誌，阿母笑笑仔tìm頭講：「目1下nih，恁攏大漢矣。」

我注意著隔壁彼2个南台灣的婿姑娘，差不多有15、6歲，坐佇in頭前位的阿婆是in阿媽，阿媽不時uat頭過來佮in開講。無偌久，khah大漢的查某囡仔提冊出來，唸故事予阿媽聽，查某囡仔誠有耐性，唸1段華語了後，隨翻做台語，阿媽誠認真學華語。細漢查某囡仔拍開揹仔，提1罐汽水出來：「阿媽，這叫khòo-lah[4]，來，予你lim。」我發現in 2姊妹仔攏用華語交談，佮阿媽講話tsiah講台語，閣看著in拚勢教阿媽學華語，就知影華語已經恬恬仔霸占南台灣矣。若按呢落去，綴老人的跤步凋零，凡勢咱的母語有消失的1日。想著遮，想著歷史對台灣的無情，心肝結kui-khiû，心悶。

「海！你看！」阿母kā盹神去的我叫轉來。倒爿是山，正爿是海。咱美麗的島嶼，有山有海。

我愛山，嘛愛海。我貪戀大海的婿，看kah gōng神去。鐵枝路佮沿海公路ná分ná開，火車ná走ná遠，經過幾个pōng-khang了後，海suah無去。我開始思念大海，袂輸變魔術全款，海閣1擺出現佇我的身軀邊。這回，沿

海公路佇下跤，火車好親像行佇海面。這種幻覺予我有淡薄仔歡喜，淡薄仔憂愁，稀微不安的心tsiânn，淒美寂寞的靈魂，有流浪天涯的情懷。闊bóng-bóng的大海，綴風tshia-puah-píng⁵的海波浪，據在你幻想。閣m̄免忍受頭眩目暗，這是坐船無的享受。

火車繼續向前行，hānn過1條溪，有人佇溪仔邊釣魚，有人佇離出海口無偌遠的沙埔坦迌。「金崙站到矣！」彼3个媽孫仔佇金崙站落車，後1站就是阮的終點：太麻里。

姑丈駛1台中古的貨車來接阮，in的厝佇thàng金針山的山坪，熱人的金針山，金針花開kah滿山坪，這是太麻里出名的美景。阿姑tshuân 1桌tshenn-tshau⁶的料理咧等阮，有我愛食的phok-á-tsí⁷炒豆包、拄挽的菜瓜、白豬母奶仔，閣有阿姑特別做的豆腦。上趣味的是pā-tsih-loh⁸結的果子煮湯，子咬開親像豆仔仁，不止仔好食。

暗時，天星閃閃sih-sih，遠遠傳來海湧ká滾的聲，予阮一直感覺著海的存在，袂輸千萬年以來，伊一直陪伴樸實自然的太麻里。這个台灣東部小小的庄頭，kám有法度逃過文明的跔踏？

阿姑講當初in來台東開墾種釋迦，彼陣規个太麻里無幾口灶。Tsit-má，街仔路加真鬧熱，尤其這2冬閣有網路咖啡店出現。隔壁阿貴叔仔的後生，讀國中2年的，定定

偷走書,覕佇「網咖」拍電動,老爸、老母規工無閒做穡,閣愛為团操煩,頭殼mooh咧燒,m̄知按怎tsiah好。我,無語問蒼天。

透早猶未5點,天就光矣,阮拜託阿姑叫阮起來看日出,這是媒體公認欣賞日出的好所在,阮nái會使làu-kau去咧。

日頭hiông-hiông uì海面跳出來,海反射出各種色水的光,1目nih仔,千萬支光箭射過來,本底展kah大大蕊的目睭,不得不隨ànn頭屈服叫m̄敢。這個時陣,tsiah發現身軀邊這个王國的子民,早就用大大的熱情迎接新tiak-tiak⁹的1工。

漢草高tshiâng的pā-tsih-loh,tshuā頭排列,thián開熱情的手骨,跳熱帶妖嬌的豔舞,閣liòh-á親像泰國千手千眼佛的傳統舞步。樹仔頂1粒1粒黃色的果子,若像多胞胎的姊妹仔,大方展示伊的豐滿飽滇。波羅蜜袂siunn瘦、袂siunn肥,葉仔ōm-ōm-ōm,外形親像1支大支雨傘,kā比頭殼khah大粒的果子藏kah好勢仔好勢,若無去伊的雨傘跤行踏,是無法度發現伊的祕密。生做矮矮顛倒叫a-bú-kha-lò¹⁰,愛主人用心看顧,雖然伊有青lìng-lìng的油梨仔皮,嘛愛1粒1粒好禮仔kā包起來,袂輸飼佇深閨的古典美人。美國塗豆佇咱島嶼,生kah誠自在,

葉仔盡展，親像 1 支 1 支掀手蹄仔予人看的囡仔，閣 giát-siâu[11] 對人講：「你看！我正港無偷藏！」巧巧人攏知 3 歲囡仔的把戲，好食物仔明明藏佇尻川後。

風，微微仔吹，日頭拄好燒烙，充滿活力的早起，活跳跳的大自然。歲歲年年，聽山佮海情話綿綿，心花若開，綴旋律轉踅，天地伴咱做伙跳 ua-lú-tsuh[12]、唱情歌，這 kám m̄ 是仙境？啥物時陣，閣來赴 1 場山佮海的約會？

2007 年寫

1　giāng-kián：猜拳。源自日語じゃんけん (janken)。
2　siān-tauh-tauh：瘸篤篤，疲憊不堪。
3　軟 kauh-kauh：軟餒餒，形容身體疲倦而全身無力。
4　khòo-lah：可樂。
5　tshia-puȧh-píng：摔跋反、反覆、打滾、折騰、奔波。
6　tshenn-tshau：腥臊，豐沛。
7　phȯk-á-tsí：朴仔子，朴 á 的果實。
8　pā-tsih-loh：麵包樹。
9　新 tiak-tiak：足新，嶄新。
10　a-bú-kha-lò：avocado，油梨仔，酪梨。
11　giȧt-siâu：頑皮、惡作劇、淘氣。
12　ua-lú-tsuh：華爾茲。源自日語ワルツ (warutsu)。

熱人的季節

　　這幾工，全台灣天氣熱kah，袂輸烘番薯咧，燒燒燒。行佇大路，點仔膠[1]嘛kán-ná咧tshìng-ian[2]，曆日仔頂懸節氣夏至[3]2字，kā咱宣告熱人到矣。夏至是陽氣上旺的時，紲落來日頭直射佇塗跤的位置會沓沓仔徙uì南爿，日時嘛勻勻仔縮短。聽講夏至彼1工中晝，若徛佇北回歸線經過的所在，日頭會佇頭殼頂正中央，按呢就差不多看無家己的影。嘉義佮南投縣南爿、高雄市北爿、花蓮、台東和澎湖，蹛佇倚近北回歸線的你，若有趣味會當試看有影ah無影。

　　凡勢真濟人聽過「夏至，愛食無愛去」確實有影，熱kah人siān-tauh-tauh、軟kauh-kauh，佗嘛無想beh去。Tsìn前一直想講，等歇熱beh tshuā阿母轉去西螺行行咧，實在siunn過頭熱，看著日頭若火球，嘛驚老大人身體袂堪得，按算等夏至過，天氣khah秋清tsiah起行。

夏至,予本底就愛覗佇厝裡的人,愈有藉口the佇厝,覗佇室內吹冷氣、lim涼的、食好料的。外口ná火咧燒,貧惰出門,當然就khah無活力。熱kah人頭昏昏、腦鈍鈍,學習的效果嘛khah無好。佳哉,學生囡仔期末考考煞、學期結束,就歡歡喜喜歇熱looh!

有1句俗諺「夏至,風颱就出世」,表示夏至過就是風颱的季節矣。所以歇熱的時陣,若beh做啥活動,愛足注意安全,尤其是peh山、露營、水上活動,攏愛足細膩,定定聽著熱人有人出去耍出代誌,予人誠遺憾,窮實出入平安就是福lah。

今年夏至的隔轉工就是五日節,khah早阮阿母定定學古早人講彼句「未食五日節粽,破裘仔m̄甘放」,愛阮長袂仔衫m̄-thang siunn早收。Tsit-má,正港熱kah,m̄-nā涼感的衫仔褲賣了誠好,閣有掛佇領頸,外型嫷嫷的涼風扇,行到佗吹到佗,科技進步kah超過咱的想像。

食五日節粽、kò龍船、掛hiānn-tsháu[4],攏是五日節的齣頭。因為疫情的關係,kò龍船的活動m̄是無辦,就是簡單意思意思就好。電視頂看著濟濟爸母陪囡仔勻勻仔試徛卵,想beh留予囡仔趣味閣特別的記持,疼囝的心攏寫佇面。承午時水的人佮過去仝款,排隊排kah長lò-lò,充滿陽氣的午時水,親像上天加持過的水仝款通人愛。聽講

用午時水泡的茶特別芳，閣會當治病，hiông-hiông想著古早彼句話「午時洗目睭，明kah若烏鶖」，現代人確實需要好好仔照顧目睭，ah若午時水效果按怎，我就m̄知矣。

　　細漢時過年過節，攏足有年節的味，猶會記得阮囡仔人tiàm邊仔看阿母縛粽，到會曉鬥相共洗粽hah仔[5]、tshuân料[6]。尾--仔，阿母看阮手捗[7]有夠大矣，嘛khah有手尾力，tsiah教阮按怎縛粽，雖然彼陣阮已經佇邊仔看幾若冬矣，m̄-koh，縛粽的鋩鋩角角嘛是需要人牽教。Tshím頭仔，先kā 2片粽hah仔，頭仔尾仔相thah，雙手1拗，拗出1个角、形成1个空，1手提予牢。1手khat tsut米佮塗豆仁囥半滇，換囥香菇、粽滷佇中央，tsiah閣囥1 iân米，囥予飽滇。紲落，雙手配合ná kā粽hah仔拗過去khàm佇面頂，ná拗出頂面立體的3个角，賰的hah仔順勢予手giap佇邊仔，tsiah換另外1手giú棉索仔，出力縛予ân、拍結。1粒粽舞kah我大粒汗細粒汗，總算縛好矣。熟手了後，阮的速度有khah緊淡薄矣。規綰粽縛好，閣愛佇鼎sah[8] 1、2點鐘久。縛粽tsìn前，tsut米佮塗豆愛分開浸，塗豆浸好愛閣炊過，了後2項tsiah攪做伙。Beh包的餡，親像香菇佮粽滷，攏愛先炙芳[9]滷鹹，有影足厚工的。

　　日子1冬1冬過，五日節便若食著阿母縛的粽，就有過節的感覺。有1冬，我uì朋友遐學著1个sah粽免sah

hiah久的撇步，佮阿母分享，阿母足歡喜的。我無囡步，佇遮kā公開：水滾了後，粽囥入去鼎，水愛淹過粽，開大火予水滾20分鐘，kā粽捾起來，予粽喘khuì 1分鐘，了後tsiah閣囥入去鼎裡，閣sah 20分鐘就好矣。前後免1點鐘，粽閣有影sah有透。阿母呵咾阮真gâu，m̄是假gâu。轉去佮阿母做伙縛粽，是阮五日節上歡喜的代誌。外口逐項口味的粽，攏誠簡單就買會著，m̄-koh，食起來就是欠1味，1个講袂出來的滋味。

今年朋友送阮2束家己種的hiānn-tsháu佮tshiong-pôo[10]。插kah婿kah，kài成藝術品。阮頭1擺看著tshiong-pôo，伊的台語名叫水劍草。司公仔kā伊叫「水劍」，佮伊的外型足sù-phuè，kán-ná 1支利劍劍的刀，beh斬千年妖魔鬼怪，猶未出手，歹物仔看著，隨驚kah走了了。莫怪古詩講：「蒲劍沖天皇斗現，艾旗拂地神鬼驚。」咱莫管in kám hiah-nī厲害，上無in強烈的氣味，予蟲thuā m̄敢倚近，掛佇門喙ah是厝裡，m̄-nā會當看婿，閣會當予咱提神、清熱。過1站仔等kah伊焦lian去了後，閣會當燃1鼎燒水浸身軀，就是現此時上時行的，予人規个人放輕鬆的芳療法。

Tann，阮無想beh管白素貞kám有現出原形kā許仙驚著？嘛無beh管彼个法海和尚kám有權利kā人翁仔某

拆分離，阮 kan-nā 想 beh 享受 1 个輕輕鬆鬆的下晡。

2023 年 大暑（Tāi-sú）寫

1　點仔膠：tiám-á-ka，柏油瀝青。
2　tshìng-ian：衝煙，冒煙。
3　夏至：hē-tsì，大約新曆 6 月 21 日 ah 22 日。這工，日時上長，暝時上短，嘛是上熱的 1 工。
4　hiānn-tsháu：艾草。
5　粽 hȧh 仔：粽葉。
6　tshuân 料：攢料，準備粽滷。
7　手捗：tshiú-pôo，手掌。
8　sȧh：用水煮。把食物放入滾水、不加其他佐料的一種烹飪法。
9　荎芳：khiàn-phang，烹飪時用蔥蒜等香料爆香引出香味。
10　tshiong-pôo：菖蒲，又名水劍草 (tsuí-kiàm-tsháu)。

落難天使

「為著慶祝你生日,明仔載咱做伙來去迌迌。」我佇眠床頂,聽著迌迌規个人攏精神起來,興phùt-phùt,袂輸3歲囡仔全款。

「Kám真的?Beh去佗?」

「咱來去內洞溪行行咧,來去蹽溪仔水[1]啥款?」聽阮翁按呢講,心內歡喜kah,喙nauh講:「算你有良心!」

車駛kah不止仔緊,ná 佇北二高頂懸咧飛。

「若hông開罰單m̄-thang哀!」我kā提醒。

「袂啦!我是想講beh khah緊到咧⋯⋯」

「無咧趕時間,勻勻仔來,tsiah早起7點niā-niā。」

「放輕鬆,莫連迌迌都hiah-nī緊張好bòo?」

車到烏來,看著滿山櫻花開kah嬌噹噹。

「咱足久無來矣。」

「閣敢講？」

「歹勢啦！真正有khah無閒淡薄仔。」

講hőng聽，人嘛m̄相信是偌無閒？逐工早早出門，暗頭仔5、6點下班，下班了後常在閣有袂tsió無薪水的khang-khuè。伊是救援隊的小隊長，定定有代誌愛聯絡，歇睏日閣愛去學習加強救援的技巧佮訓練體力，規個人曝kah烏mà-mà，m̄知的人攏掠準伊是咧教體育。

「頂擺咱來烏來，到tann幾冬矣？嘛無去佗位迌迌，kan-nā去承天寺peh 1 kái山niâ！」我閣因為伊siunn過頭無閒，kā誓誓唸。

坦白講參加救援隊幫tsān需要的人足有意義的，伊有興趣佮理想，我嘛鼓勵伊去，只是無想著會hiah-nī忝頭。

「內洞溪到矣，哇！有影媠。」阮落車suh 1 喙空氣，大大喙。

「趣味的閣佇後壁。」伊揹1 kha揹仔，閣紮1條索仔，看起來真專業的款。入去內洞溪遊樂區內底，愛閣拆1 kái門票，平常時罕得人行跂到，無咧收票，歇睏日tsiah愛，雖bóng拆2 iân皮，人嘛是袂tsió。

Ná來ná濟人知影遮是台北的世外桃源。阮2人行佇翠青的山路，鳥仔tsiuh-tsiuh叫咧唱歌弄曲，溪水tshuah流[2]聲ná親像力頭飽足的少年咧huah-hiu。人佇大自然中所

有的束縛完全tháu-pàng，1陣人坐佇溪仔邊的大石頭耍水，有的規氣坐落去水裡，管thài衫仔褲澹了了，有的刁持徛倚去水tshiâng³，身軀予水噴kah澹漉漉，做天然的SPA。有1寡人佇溪仔邊的大樹跤咧拍太極拳，suh天地的靈氣。人佮大自然是hiah-nī和諧。

「你看！」我大聲huah，袂輸發現新大陸咧。1大陣囡仔，頭殼戴安全帽仔，專業的人員引tshuā in咧做現此時上時行的活動：蹽溪仔水khàng壁。

「咱慢來1跤步矣！Thìng候in攏行kah了，天就烏1片矣。」阮翁有淡薄仔失望。

「無，咱閣ǹg前行，閣揣看有適合的bòo？」我按呢kā應。橫直peh山嘛趣味趣味，阮就綴peh山的人行，peh uì頂懸去。

「Ná像無路thàng溪邊矣。」行1段路了後，伊失望按呢講。

「無要緊啦！無，等1下落山咱tsiah來去溪邊耍水。」已經peh真遠矣，我無想beh翻頭，本底就愛peh山，山頂的景緻咧kā我iat手。風微微仔吹，汗已經焦去，peh山佮心適咧。徛佇山頂吹風，用無仝的角度看天地，我感覺真趣味。

「人屬於大自然。」逐擺若予ak-tsak的城市踅kah無

法度喘khuì，大自然會替我療傷，予我力量閣活過來。少年時，我嘛bat 1个人騎oo-tóo-bái去阿里山，知影的人攏講我有夠痟！

有1條產業道路tshu落去m̄知thàng去佗位，看起來閣不止仔清幽，我冒險的精神閣來矣。

「Beh行看覓bòo？」

「好啦！無的確thàng溪邊。」我知影阮翁猶咧想蹽溪仔水，猶未死心。

阮開始向前行，uân-nā行uân-nā開講，罕得拄著人行出來。

「內底是啥物所在？」阮問1對拄仔uì對面行來的翁仔某。

「歹勢！阮嘛m̄知，行規點鐘矣，拄翻頭。」彼對翁仔某離開了後，阮翁閣發現1條插出去的細條路。

「這nái叫做路？」草仔密tsiuh-tsiuh，我m̄信。

「這是釣魚仔人行出來的路，thàng溪邊。」伊誠認真講。

「相信我tsiah-nī濟冬釣魚仔的經驗。」

伊曾經是釣魚仔的高手，我1 sut-á都無giâu疑。過去，2人bat做伙去曾文水庫釣魚仔釣規暝，熱人的暗暝，kénn仔[4]、tâi仔[5]噗噗跳，2、3支釣篙giú kah無閒

tshì-tshì，有夠心適。彼種議量，佇虔心信靠上帝了後，就產生改變looh，kā魚仔釣起來閣放轉去，對魚仔嘛是1種傷害，心內感覺不安，尾仔就無閣釣矣。

「好lah。」我知影伊真siàu念溪水。綴伊的跤步，1步1步沓沓仔行。

「Thài tsiah-nī歹行？有夠kiā。」草仔比人閣khah懸，澹澹溼溼實在真歹行。「誠實林投葉仔拭尻川——自揣麻煩，萬不一……」我擋袂牢開始tshap-tshap唸。

「Uì山頂直接tshu到溪邊當然嘛khah kiā。」伊相信終其尾一定會到溪邊。

「你聽！溪水的聲。」伊佇邊仔鼓舞阮繼續行。

「你看，正港有嬌，辛苦有價值lah！」伊大聲huah。

正經予伊行到溪仔邊，阮翁kā鞋仔thǹg掉，kā褲跤pih起來，拍算beh放輕鬆耍1下仔水，我坐佇溪邊的石頭歇喘。

「Ah……」我大聲huah出來。

「彼啥？」我手比伊的跤，驚kah面仔青sún-sún[6]。

伊緊kā扱ân-ân的山蜞蜅giú掉。

「我一定嘛有！」我giōng-beh吼出來矣。

伊趕緊替我kā蹽溪仔鞋thǹg掉，跤後肚真正有3隻

山蜈蜞suh牢咧,伊緊kā pué掉,伊知影我上驚蜈蜞。我看著予山蜈蜞suh過的所在,血水tshap̍-tshap̍滴,面臭臭。

「我袂giàn閣uì彼條路起lih。」我雙跤浸佇水裡,目屎kâm咧,ná挲ná講。我想袂到家己會閣予山蜈蜞咬著。想著細漢的時,佮厝邊去耍,1陣囡仔佇田岸邊的水溝仔摸蜊仔,蜈蜞kā我扱牢牢,sian-pué都pué袂掉,驚khah我大聲吼,無人來解圍。

過去伊參加救援隊的訓練,uì福山thàng哈盆古道,行幾若點鐘,bat予山蜈蜞咬kah規身軀,有2隻閣綴伊轉來厝裡,我看著驚kah險破膽,kā伊tshiàng聲講:「若有蜈蜞的所在,m̄-thang招我去!」

「我m̄知遮有山蜈蜞lah!若知就袂tshuā你行這條路矣。」伊一直kā我會失禮,2个人攏無心情欣賞美麗的光景矣。

「莫閣叫我行彼條路就好矣。」我按呢堅持。

「Tann,這聲害矣!」千萬m̄-thang kan-nā這條路thàng外口。

「你kám m̄是beh tshuā我蹽溪仔水?無,咱蹽水出去。」我講。

「你咧滾耍笑？Tsit-má，時間佮裝備攏無夠！」

「Ǹg下底行會拄著大水tshiâng，根本袂得過，ǹg懸頂行ná行ná遠，m̄知愛行偌久。」

「無，叫救援隊派直升機來救。」我已經m̄知影家己咧講啥。

我tann頭看四箍lê仔，進無步退無路，看清家己的處境了後，ná消風的雞胿仔。已經過中晝矣，行規早起的路，ah無啥歇睏著，人忝kah、腹肚枵kah，閣陷入絕境。

「先食飯丸，等1下tsiah閣來想辦法。」伊講。

「正經是有夠特別的生日！」我ná食ná講。

「我是無想beh閣佇遮隔暝。」2人同齊想著彼kái難忘閣恐怖的經驗。彼个m̄敢kā人講的祕密。

大約10冬前的1个秋天，伊招阮去郊區蹓蹓咧。

去溪邊耍水，了後四界看風景。經過五寮尖的登山口，伊hiông-hiông問我：「Kám beh peh山？」「好！m̄-koh，時間kám有夠？」我足giâu疑。

「應該無問題lah，路邊的山niā-niā。」伊tsìn前無啥peh山的經驗，m̄知五寮尖的厲害。凡勢足濟人攏仝款，幾冬後阮閣經過遐，發現登山口出現1个告示牌，提醒逐家m̄-thang時間無夠tshìn-tshái tsiūnn山。

伊拍算 2 點鐘內 beh 落山。經過 2 點鐘，閣看無出口，阮討論愛向前 ah 是愛翻頭。

　　「咱已經 peh 真懸、行真遠矣！你m̄是講 peh 這粒山免偌久？」我按呢 kā 質問。

　　「失禮啦！我m̄-bat peh 過這粒山，m̄知愛 hiah 久。」伊歹勢 kah。

　　2 个人完全無經驗，捎無 tsáng 頭，判斷 tîng-tânn 去，閣繼續 khàng 起 lih。Siáng 知「前嶺m̄是 kiā，後嶺 khah kiā 壁」，天 tit-beh 暗矣，阮猶閣予山包牢咧。袂輸 2 隻逃難的鳥仔揣無路，心肝頭 jû-tsháng-tsháng[7]，行 kah tshóng-tshóng-pōng-pōng。四箍輾轉烏 mà-mà，人 pheh-pheh 喘，坐佇石頭頂，忝 kah 會 khoo 雞袂 pûn 火[8]，看起來悽慘落魄。

　　「Kan-nā 有這 thang 食。」伊 kā 身軀邊賰的幾粒 sî-kè 果[9]提予我，彼是 tsìn 前佇路邊買的。

　　「Tann 是 beh 按怎？」枵寒餓的暗暝，人佇山裡無法度轉去，隔轉工閣愛上班，人急 kah ná 熱油鼎頂懸的 káu-hiā。

　　「Thìng 候天光，咱就隨落山，行原路我有把握。」伊 kā 外套幔佇我的身軀，叫阮莫煩惱。規暝風 sǹg-sǹg 叫，伊揣 1 个風 khah 恬的大石頭跤，2 个人偎佇遐，閣拜託天

公伯仔千萬 m̄-thang 落雨。

遠遠會當看著繁華都市閃閃 sih-sih 的電火，山跤的路邊三不五時有車 phiat 過的聲傳來。2 个人 suah 屈佇山頂，ná 1 个無法度精神過來的惡夢。

「有野獸 bòo？」我 niau-niau 仔看、袂放心問。

「應該無啦。」伊 kā 阮安慰。

秋清的暗暝，入夜嘛予阮寒 khah phih-phih-tshuah[10]，相攬咧嘛全款寒 kah，閣 khah 食力的是 báng-á 厚 kah 無 tè 覕，規暝轟炸、攻擊，塗肉開花大 pha 細 pha，腫閣 tsiūnn。

「行原路轉去，袂佇山裡隔暝。」伊猶想 beh 說服我。

「Buái lah！有山蜈蜞。」山蜈蜞是另外 1 个恐怖的經驗。

「咱來祈禱！」2 个人坐落來開始祈禱，聆聽上帝的聲。

天地自在安詳，恬恬坐咧，袂記得家己的存在，kan-nā 聽著風聲、水聲、葉仔聲……人變做大自然的 1 部份，變做大自然的全部。天地萬物合為一體。

差不多仝時間，2 人目睭擘金。

「咱好起行矣！」kā 躂溪仔鞋穿好勢，做伙 ǹg 溪水流來的方向行去。行溪仔邊、躂溪仔水。有時水懸到大腿，2

个人相插、相扶，有時仔peh kiā、有時仔落kiā，歹行嘛愛行，有的石壁佳哉有索仔thang giú，若無，根本無法度過。

拄著2 kái溪流pit叉[11]，靠直覺判斷做選擇，總算uì大水流行到小tshuah流，小tshuah流行到無水的大石頭仔路。

「看著矣！我看著矣！」我大聲hiu，歡喜kah giōng-beh跳起來。「頂懸就是產業道路。」阮用全部的氣力khàng起lih。

紲落來的山路閣真長，m̄-koh，上大的困難解決矣。繼續行kah跤痠手軟，beh死盪幌[12] tsiah到山跤。

「Beh 6點矣。」來內洞溪𨑨迌的人走kah賰無幾个。日頭落山，冷風吹來，溪水真冷。

「謝天謝地！平安轉來矣！」

感謝上帝是阮共同的心情。阮真知面對選擇的時，若tîng-tânn去，ah是有啥物失覺察，根本無法度佇天暗tsìn前順利落山。

「Peh規工的山，行規工的路，體力閣袂bái嘛。」伊講。

「M̀h！比上班閣khah忝。」我紲落kā副洗，「多謝你的致蔭！」

伊想著本底是beh慶祝阮生日，tsiah來內洞溪，顛倒予阮受苦，歹勢歹勢。

　　「生日快樂！」

　　「是！是！快樂……」閣1擺，阮感受著上帝無邊的愛，感覺平凡平安的幸福，這是歷劫轉來深深的體會。

2005 年寫

1　蹽溪仔水：溯溪。
2　tshuah 流：掣流，水流湍急。
3　水 tshiâng：瀑布。
4　kénn 仔：鯉魚。
5　tāi 仔：鯕仔，lē-hî，鯉魚。
6　青 sún-sún：青恂恂，嚇到臉色鐵青、蒼白。
7　jû-tsháng-tsháng：挐氅氅，心煩意亂、千頭萬緒。
8　會 khoo 雞袂 pûn 火：只能發出呼雞聲，沒辦法大力吹氣將燈火吹熄。比喻人很疲倦。
9　sî-kè 果：時計果，百香果。
10　phih-phih-tshuah：發抖、顫慄。
11　pit 叉：pit-tshe，分叉。
12　beh 死搝幌：beh-sí-tōng-hàinn，sí-giān-giān，死氣沉沉、萎靡不振。

二九暝

　　今年二九暝,暗頓食火鍋,食飯桌仔徙去阿母的房間圍爐,替伊kā菜頭粿佮菜蔬、火鍋料攏用料理鉸刀鉸予細細塊幼幼幼。佮逐家坐做伙食飯,予阿母心花開。阿母總算kā身苦病疼暫時囥1片,面仔笑hi-hi,分紅包予孫仔哲年,感受過年的氣氛。

　　暗頓食飽,我kā佇義美買的彼包生仁[1]提出來,問少年的kám bat食過?正港有人無聽過生仁,嘛m̄-bat食過。逐家ná食生仁ná lim茶,閣講1寡以早過年定定會食的物件,親像糋棗[2]、麻粩[3]、米粩、塗豆粩、冬瓜條、糕仔。阮tsioh機會鼓勵少年的盡量講台語,認真kā台語學予好。紲落,逐家輪流講1寡關係講台語的笑詼代。有講有笑,鬧熱滾滾。

　　少年囡仔紮桌遊轉來提出來耍,4个1桌袂輸拍muâ-tshiok[4],耍kah歡喜kah。招阮做伙耍,我講愛用台語教

我按怎耍，我tsiah beh。多謝阿燕認真用伊會曉的台語解說規則予我聽，無嫌阮遊戲界的菜鳥仔，反應有khah慢鈍。佇耍桌遊的過程，會當學習按怎面對手頭好歹運的牌，嘛會使體會得頭賞的樂暢佮尾名酸澀的滋味，是遊戲嘛是人生。今年過年學1項桌遊，心適kah，逐家攏耍kah足歡喜。

猶會記得細漢過年，二九暝無閒tshì-tshì的查某人，初一透早拜拜了後，總算有時間歇喘矣，厝邊兜會相招耍khe-tsí-bang[5]做議量，看是beh抾紅點[6]，ah是beh耍10點半。10點半的遊戲愛1个人做內場，其他的人筊錢，看是1箍ah 5角銀攏好，囡仔人有時lak袋仔貯磅子，嘛bat ī過用拍手蹄仔佮tiàk耳仔相拄siàu。牌仔算點數、比大細，若超過10點半tō破鼎，筊的錢會予內場咬咬去。若是閣添4張牌仔猶未超過10點半叫做siô，內場愛賠的金額是人筊的雙倍。10點半佮人咧筊lián-tâu-á[7]跋筊khah仝款。Ah若阮阿母後頭厝佇嘉義，阿姨、阿舅in遛過年是時行ī四色牌仔。M̄管佇佗位，阮阿母從來m̄-bat佮人做伙ī牌仔。伊是1个看起來溫馴，實際嚴肅閣giám-ngē[8]的讀冊人，伊kā家己管死死。過年時仔，阮姊妹仔佇厝裡耍ah是去佮人做伙耍1下無要緊，伊知影阮有站節，若是beh叫伊tshap 1跤，有喙講kah無瀾，仝款袂giàn，免加講。

今年的二九暝,阿母佇邊仔看規家大細做伙耍桌遊,看kah綴阮喙笑目笑,想袂到這是阮透世人上尾1擺佮阿母做伙過年,嘛是阮上尾1擺佇母親節結紅色的剪絨仔花。人生正港真無常,尾仔2個月,阿母閣會家己行路散步咧,siáng知,6月hiông-hiông變天,我的世界賰冷風霜雪。佳哉,尾仔這半冬,阮有把握機會陪伴阿母、佮阿母開講,好天的時牽阿母的手,沓沓仔行去公園散步,享受母仔囝鬥陣平凡的幸福。阮鼓勵伊giú筋佮行路運動,ǹg望伊健康食百二。Tann,遮的攏已經變成往事矣。82歲的阿母佇睏眠中,恬恬來離開,佮伊無愛麻煩人的個性、作風誠親像。雖然理智知影,愛替阿母歡喜、愛祝福伊解脫世間苦海,成道圓滿自在。M̄-koh,想著阿母1个人,辛苦kā阮晟,kā阮4姊妹仔惜命命,想著這世人母仔囝的緣份到遮,心內足m̄甘,我知阿母永遠活佇阮心內。

2024年寫

1　生仁：sing-jîn，花生米糖。
2　糮棗：tsìnn-tsó，寸棗。
3　麻朥：muâ-láu，麻糬。一種用糯米製成的食品。內裡中空，經過油炸之後，再裹以芝麻，是節日祭拜時常用的供品。
4　muâ-tshiok：打麻將、打麻雀。用麻將牌來消遣或賭博。
5　khe-tsí-bang：撲克牌。
6　抾紅點：khioh-âng-tiám，一種撲克牌遊戲。
7　lián-tâu-á：撚骰仔、擲骰子。一種賭博的方式，以骰子點數決定輸贏。
8　giám-ngē：儼硬，剛硬、頑強、堅毅。

逐家攏平安

　　寒流來，規个台灣寒giuh-giuh，玉山、太平山遐的懸山落雪無稀奇，氣象報導講台北草山佮新北市三峽有可能落雪，引起眾人關心注意。罕得看著雪的台灣，今年寒人正港落雪矣，足濟人擋風擋雨的厚裘仔穿咧，手lok仔long咧、帽仔戴咧去逐雪。

　　Uì電視佮網路，看著當咧落雪的畫面，銀白的童話世界，心內ngiau-ngiau，suah m̄敢行動，無彼lō尻川，m̄敢食彼lō瀉藥仔，等身體練khah勇咧tsiah閣講。Tsit-má，阮猶是乖乖仔覕佇厝裡，ná lim燒茶ná讀冊、寫台文khah有影。

　　早起朋友傳line講故鄉咧落雨，寒溼閣tshenn冷，無法度落田做穡。過無偌久，伊翕家己刻的字line來予阮欣賞，4字「雪泥鴻爪」[1]不止仔好認，誠藝術閣應景，婧啦！看起來老朋友歇寒當咧享受「晴耕雨讀」[2]的生活。

朋友對「篆刻」[3]誠有興趣，新年是龍年，伊嘛刻幾若个當著時的詞來予阮鼻芳，逐个字句攏是伊對新年滿滿的期待佮祝福，角格仔內有孤 1 字福、祿、壽、春，有「龍吉羊」3 字取攏吉祥的意思，「吉龍飛舞」嘛誠心適，「逐家龍平安」5 字的設計有夠媠，誠 gâu，足多謝伊佮阮分享。

2024 年寫

1　雪泥鴻爪：suat-nî-hông-jiáu，鴻雁踏過雪泥留下的爪痕。比喻往事所遺留的痕跡。宋‧蘇軾〈和子由澠池懷舊〉詩。
2　晴耕雨讀：tsîng-king-ú-thȯk，晴天耕作，雨天讀書，順應天的運行與自然的原則，古樸天然的生活。
3　篆刻：thuàn-khik，用篆書和鐫刻來製作印章，是漢字特有的藝術形式。

天上山行春

　　土城承天寺附近,有濟濟低海拔的淺山thìng好行踏,少年時因為愛peh山,選擇蹛佇山邊的社區,透早會當佇鳥仔唱歌弄曲中精神過來,日時倚佇露台就看會著翠青的山,一直到tann,阮猶原感覺蹛佇這个環境足幸福的。

　　年節歇睏日,滿四界車窒車、人kheh人。無想beh佮人kheh燒,去peh阮後山上讚啦。土城的山,m̄是阮家己褒,步道thàng四界,若khah無時間,就行1、2點鐘的路線,若時間khah līng,蹛khah大liàn咧,beh行規工嘛隨在你。若beh盤山過嶺,thàng去三峽、新店ah中和,據在你迌迌。坐捷運來peh山,佇土城站ah是永寧站落車開始行誠利便,是tsit-má上時行的減碳旅行。

　　這擺阮決定來去peh土城上懸的山,天上山。海拔430米,佇土城佮三峽的隔界,因為新店溪佮橫溪橫流liô¹過山崁,山特別捅頭,有高高在上的屈勢,嘛有人kā叫做皇

帝山。

　　阮行平常定行的清溪步道來到桐花公園，看著幾若欉櫻花開 kah 嬌 kah，迎接春風來做伴，親像佇日頭跤跳舞，跳 kah 面仔紅 gê 紅 gê 的嬌姑娘。

　　塗跤有 1 粒楊桃，我掠準家己目花，無 m̄ 著是楊桃，阮翁嘛看著矣，m̄-nā 1 粒 neh，黃黃黃佇草仔頂徛咧、the 咧，當咧 giâu 疑 kám 有人 hiah-nī 脫線，果子落 m̄ 知，想著現此時是楊桃收成的季節，阮 2 个差不多是同齊 tann 頭，看著山坪 tshu-kiā 有 1 欉、2 欉、3 欉楊桃樹，原來是樹仔頂 lak 落來的。

　　桐花公園本底是種蓮霧的所在，阮拄搬來的時，油桐花 phùn-phùn-á 無幾欉，阮滾耍笑講叫蓮霧公園 khah 有影。熱天有足濟人，peh 山兼挽蓮霧，因為 siunn 懸，嘛有人特別攑竹篙 thuh 仔去 thuh²，有阿 sáng bat 提佇遐現挽的蓮霧分阮食，kan-nā 1 喙我就驚著，內底有蟲，滋味閣澀澀澀。

　　繼續 peh kiā，來到 1 个亭仔，亭仔跤有人佇遐歇睏食物件，阮佇邊仔柴椅仔小坐 1 下。亭仔是 1974 年老兵起的，蘇軾的〈水調歌頭〉：「人有悲歡離合，月有陰晴圓缺，此事古難全，但願人長久，千里共嬋娟。」誠符合彼時陣老芋仔思念故鄉親人的心 tsiânn，tsuán³ 號做「望月亭」。

Uì 遮會使 uat 去日月洞,彼是 1 个天然古洞。廣欽老和尚佇 1948 年來台灣,早期就是隱居佇遐修行。Pōng-khang 喙 ǹg 東,透早、暗暝,日頭光、月光攏會 tshiō 入來,所致廣欽老和尚 kā 號做「日月洞」。Pōng-khang 頂有清涼的泉水 thang 好 lim,伊家己蹛佇山洞坐禪幾若冬。傳說三峽定定有人佇暗暝,看著成福山彼 tah,應該暗眠摸的山頂 suah 光 iānn-iānn,有時白光,有時黃色,日月洞 tō 佇遐。

　　Ah 若承天禪寺[4]的地,是 1955 年枋橋信眾供養[5]的,彼陣 1 大 phiàn 竹林仔,無啥人行跤到。後來信眾愈來愈濟,有彼个需要,1960 年開基起大雄寶殿,號名「承天禪寺」。彼粒山原本叫火山,嘛 tsuán 改名「清源山」。Tann,廟寺愈起愈大間,專用的大路 thàng 到門口埕,應該連規世人簡單素素過日的老和尚嘛料想袂到的。

　　愈倚天上山,山路愈 kiā,佳哉有索仔 thìng 好 giú,行佇這段廣欽老和尚定定行的山路,有濟濟感觸[6],peh 山困難,修行閣 khah 困難,peh 山嘛是 1 種修行 kám m̄ 是?

　　沿路拄著 1 寡山友,有 2 翁仔某逍遙遊,有全家大細做伙來,連狗仔伴嘛 tshuā 來。Khah 早,Grace 少年的時,阮嘛 bat tshuā 伊來天上山 1 擺,有 1 段山路懸低 gám[7] siunn 大,對狗仔來講正港無適合,就 m̄-bat 閣 tshuā 伊

行跤到。Peh到山頂，徛懸懸360度的視野，誠讚，遠遠彼个高壓電塔揬外。

佮逐家仝款，吹風nah涼看風景，徛倚彼粒三等三角點翕siòng做紀念。

2024年寫

1　liô：劃，切割。
2　thuh：托，以長形物體為支點或著力點，來頂住、拄著或撐住。
3　tsuán：tsū-án-ne合音連讀，因此、所以、就這樣。
4　禪寺：siân-sī。
5　供養：kiòng-ióng，養飼。
6　感觸：kám-tshiok，指接觸外界事物而引起的思想情緒。
7　gám：梯階、台階。

幸福和美山？

　　早起罩雺，氣溫回升，無偌久，日頭出來，天氣好kah。大自然咧召喚[1]。

　　來去碧潭peh和美山，欣賞山水美景。

　　碧潭是台灣出名的風景區，200米長的吊橋是伊的標頭，1937年起的。少年的時，bat去碧潭耍，佇水邊散步，看人釣魚，欣賞青lìng-lìng的水色。有1擺熱人的暗暝，佮男朋友做伙去碧潭迌迌，風微微仔吹來，笑聲摻人tiàm佇婿kah ná圖的景色裡。早就袂記得講啥，kan-nā會記得彼陣竟然hàm想beh佇橋頂開講到天光。蹛佇新北了後，顛倒罕得去碧潭矣，檢采遊客濟kah驚人的印象所致，阮khah無愛佮人鬥鬧熱。

　　和美山，佇碧潭倒爿岸，有人叫伊碧潭山，舊名「大笨山」，講是山形生做像畚箕[2]得名，若按呢應該號「畚箕山」、「大畚山」kám m̄是？台語「畚」發音pùn，變調

pún，可能是m̄-bat台語的giàn頭³聽著pún就寫中文「笨」，好好1个「畚箕山」山名，就按呢規个走精去，變大gōng山的意思。

　　阮khah早無注意著彼粒山，嘛m̄-bat peh過，紹介明明寫步道入口就佇吊橋邊，m̄知按怎阮1時suah揣無。Hut去碧潭路17號邊仔的點仔膠路，有1支圍閘⁴仔橫咧，無beh予車入去，kan-nā人會使行niâ，原來遐是舊碧潭樂園的入口，彼个幸福樂園佇阮細漢的時，tshìng kah掠袂牢，伊的飛天車佮摩天輪hām咖啡甌仔攏是真濟人的幸福記持，1990年代拋荒到tann，賰離離落落的福字牢佇柱仔，kám猶有人會記得伊bat存在？

　　大畚山，在地人定定peh的山，對in來講是厝邊的山崙仔。Tsit-má，沿路有老kah發鬚的tshîng-á樹⁵，閣有幾若欉仝款發鬚的tshîng-ling樹⁶，大kah邊仔嘛生足濟支根柱，袂輸會行路的樹仔，閣有虎尾棕⁷，日頭光uì樹葉仔縫tshiō過來，光影的變化佇塗跤形成趣味的圖。

　　行無偌久，就到幸福廣場，有人佇遐歇睏，親山、親水的步道攏thàng來遮，阮uì遮直接peh起lih山頂，peh到頂懸，我感覺喘喘、喙焦閣流汗，海拔竟然kan-nā 153米。山雖bóng無懸，視野誠開闊。這工，天誠清，遠遠台北101看kah明明明，uat頭看另外1片，南港山嘛誠翠青，

碧潭吊橋、岸邊排列的船隻、水面逍遙泅的天鵝船嘛看現現。新店溪彎彎uat-uat，佇遮踅1大liàn，碧潭水清清清，kán-ná 1面鏡，恬靜kah親像潭，碧潭的名就是按呢來的。遮有岩壁、山崙仔，因為天氣好kah，藍色的天佮青色的山崙仔予日頭光tshiō佇水面，潭水看起來有青有藍多彩多姿。山崙仔佮岩壁的水影清清楚楚，袂輸頂面佮下面有2粒山佮2片岩壁，有夠心適。後壁懸拄天的大樓，因為倒照影有山崙仔佮樹仔陪伴，看起來就無hiah-nī顧人怨矣，天頂的雲ang，嘛佇水面pâi-huâi[8]，鬧熱tshì-tshì。坦白講景緻嬌kah無tè比，莫怪便若拄著歇睏日，遊客就挨挨陣陣。

阮uì山頂行落來廣場，感覺閣會當規粒山踅踅咧，想講踅去碼頭看看咧，經過灣潭遊戲場，無看著半个囡仔佇𨑨迌，可能時間猶早。行到岸邊，看有袂tsió釣魚仔人khut佇水邊咧等魚仔食餌。本底閣想beh佇灣潭lau-lau咧，無偌遠有1个阿伯仔佇船裡咧kā阮iàt手，問阮kám beh坐船過去對岸？阮緊走過去，看著1對愛人仔坐佇船裡，船tit-beh行矣，阮tsiūnn船，tsiah想著無問價數嘛無買票，阿伯仔講30箍銀，等1下直接囥佇銅管仔就好矣。哇！時間親像轉去古早，彼个單純閣充滿人情味的年代，銀角仔價閣直接囥佇銅管仔底，現代人欠缺的信任，佇遮

濟 kah 溢出來，我 khi-móo-tsih⁹ su-puh-lí-giang¹⁰，佇咱台灣竟然開 30 箍免等半分鐘，就坐著去 Venice¹¹ 上時行的 kōng-tóo-lah¹²，有夠好運。

我問 kò 船的阿伯仔，若無坐船，beh 按怎轉去正爿岸？伊講行原路盤山過嶺，無就是踅 uì 外口的大路，彼攏足大 liàn 的。Tsiūnn 岸了後，阮看著新店渡渡口 thìng 候船的涼亭仔，邊仔 tshāi 1 个紀念柱，頂懸寫：全台唯一人力擺渡，新店渡渡口。另外 1 爿寫 uì 清光緒 7 年，也就是西元 1881 年開始。新店渡口是早期灣潭、直潭、塗潭、屈尺、安坑佮新店街仔渡重要的門鈕仔。Tsit-má，已經超過 140 冬的歷史。現代的亭仔跤，有石椅佮電鈴，電鈴捽落，撐船人隨過來，正港有夠貼心。

新店溪水運佇清代佮日本時代，會當 thàng 烏來、新莊、Báng-kah¹³。淺山崙仔的地形加上水大 káng，漢人移民開發山區，佮這有誠大的關係。附近的農產品、茶米、火炭佮樟腦，透過渡口運出去賣，閣 uì 別位載南北貨佮日用品轉來有渡口的庄頭。佇貿易活動 ka-iȧh 的時，新店溪有 9 个渡口。Tsit-má，kan-nā 賰新店渡，猶原佇新店佮灣潭撐渡¹⁴。留落佇橋佮路無直 thàng 的年代，解決予河流屏障¹⁵ 的歷史記持。

四界行踏，正港會予咱閣 khah 倚近咱的土地，因為

peh 和美山，佮新店渡相拄，因為新店渡的保存，進 1 步予咱了解先民早期的生活佮歷史。轉來了後，我咧想和美山的名閣是按怎來的？

原來碧潭遐佇日本時代就開始挖塗炭，1950 年代台灣礦業當興。Pōng-khang 佇碧潭邊，用潭水洗塗炭，船載塗炭，不止仔利便。1948 年業主廖和 kā 和興炭空讓予彰化和美人，tsuán 改名和美炭空。和美炭空就佇山的下底，所以人 kā 彼粒山叫做和美山。1964 年和美炭空內面 gá-suh 爆炸災變，造成 1 寡傷亡。凡勢是挖著新店溪的河床，溪水走入去 pōng-khang，suah 來崩去，尾仔炭空 tsuán 收起來。Pōng-khang 喙䫌佇灣潭兒童遊戲區佮有佛像的細條路仔，後回閣去 peh 和美山的時，tsiah 來斟酌 kā siòng 看覓。

2024 年寫

1 召喚：tiàu-huàn。
2 畚箕：pùn-ki，掃地時盛塵土、垃圾的工具。
3 giàn 頭：gōng 人，傻瓜。
4 圍閘：uî-tsa̍h，欄杆。
5 tshîng-á 樹：榕仔，榕樹。
6 tshîng-ling 樹：榕奶仔樹，印度橡膠樹。
7 虎尾棕：山棕。
8 pâi-huâi：徘徊。
9 khi-móo-tsih：心情、情緒。
10 su-puh-lí-giang：非常好。
11 Venice：威尼斯。
12 kōng-tóo-lah：義大利話 gondola，一種傳統划船。
13 Báng-kah：艋舺。
14 撐渡：the-tōo。
15 屏障：pîn-tsiòng。

第四 pha
動物關懷

Grace

　　日頭的光,tshiō佇Grace的身軀,白色lām米黃的毛,光iānn-iānn。不sám時,有生份人停落來注神看伊,呵咾伊生kah真婧。對狗有淡薄仔了解的人,看伊活潑好奇的款,攏掠準伊猶閣是狗仔囝,事實上伊tih-beh滿1歲矣。

　　Tsit-má的Grace,逐工看著攏笑笑,歡喜過日子、幸福無tè比。M̄-koh,半年前,伊m̄是這個款,彼陣伊有嚴重的皮膚病,毛焦lian ná稻草,bái閣臭老,無人會kā伊佮古錐鬥做伙。伊是1隻「拉布拉多」lām土狗的流浪狗。

　　我敬佩遐的為流浪狗奉獻的人,m̄-koh,我本身對狗無啥特別的感覺。我是1个連「米格魯」hām「哈士奇」攏分袂清楚的人,對我來講,狗就是狗,m̄管伊生做大隻、細隻,圓的ah扁的,佮我攏無關係。但是,一切因為Grace出現,完全無仝loh。

　　Tsit-má的我,逐工下班攏會趕緊轉去,因為Grace

咧等我。轉去的頭1項khang-khuè就是tshiâng狗尿、掃狗屎。阮歡喜做、甘願受，因為伊是阮的寶貝。

為啥物Grace會tsiânn-tsò阮厝的寶貝咧？尾仔，認真回想起來，冥冥中，ná註好好的。

拄著Grace tsìn前的1禮拜，1个攏咧扶流浪狗的阿蘭師姐khà電話予我，問我kám願意照顧1隻hőng放揀的「雪納瑞」，伊叫做Rainbow，大約3歲大，hőng發現的時，規身軀全傷，長lò-lò的毛結規khiû，對人充滿敵意，有可能hőng苦毒kah誠忝，經過個外月的照顧，Rainbow變kah足古錐閣足黏人，伊予Rainbow暫時蹛佇寵物旅館。伊e-mail Rainbow的siòng片予我，希望我答應予Rainbow 1个厝。現實環境的問題，予我真躊躇。師姐講伊的公寓已經飼6隻中大型狗，實在無空間矣。彼暗，我佮阮翁參詳，伊勉強同意照顧1隻食素食的狗。阮去kā Rainbow mooh轉來，Rainbow拄看著阮，主動跳來beh予阮抱，到厝了後閣耍規暝。隔轉工阮去上班，心肝頭亂紛紛，m̄知伊家己佇厝kám有乖？想袂到1轉去，厝邊就隨來投，講伊哀規工，社區的主委嘛來抗議，阮一直kǎng會失禮，姑不而將鼻仔摸咧kā Rainbow送轉去。Beh離開的時，伊親像足m̄甘的，阮嘛無奈何。

10月下旬，雨落袂煞。彼工總算出日頭，我佮平常全

款去教室巡學生食晝，經過25班的教室，1陣囡仔圍佇1隻狗仔邊仔，塗跤有囡仔好心提予伊食的飯菜，伊連鼻芳1下嘛無，恬恬坐佇壁角。「老師，伊thài啥物攏m̄食？」1個學生問我。In十喙九尻川[1]咧會彼隻狗仔m̄食的原因。「我知影，伊傷心kah食袂落。」1個平常誠giàt[2]的囡仔大聲講。伊講彼隻狗仔失去狗仔伴咧傷心，講本底有1隻佮伊生做全款仔全款的狗仔，m̄知是in姐妹ah是in囝，已經死去矣，tsit-má，賰伊孤1个。其他的學生囡仔嘛kā贊聲，講in有看過彼隻狗。我予in講的故事感動，用理智的口氣應講：「伊應該是破病矣lah。」

我看著伊的眼神充滿傷悲，緊uát頭做我走，ká-ná 1个戰敗的小卒仔走ná飛。心肝頭jû-tsháng-tsháng，我無法度坐咧好好仔食飯，伊絕望的眼神，予我的心肝ná針咧ui、刀咧tshak。Khah使講法老的查某囝若無kā囥紅嬰仔Môo-se的竹籃仔捾起來，世界就無《舊約全書》。對我來講，Grace就ná親像鉛桶內面的紅嬰仔，我若是kā鉛桶捾起來，伊就脫離大水的威脅，命運就會完全無仝款。

我徵求1个有飼狗經驗的囡仔，佮我做伙tshuā伊去看醫生。醫生詳細檢查：中型身材，瘦閣薄板，體重10公斤，貧血、發燒，得著肺炎，肝嘛腫腫。醫生報我看伊覆佇手術檯的身軀tshuah 1下tshuah 1下，講病毒已經侵入神

經。醫生講伊盡力救看覓，無掛保證醫會好。1工kan-nā蹛院的費用就愛900箍，我無時間躊躇，嘛無法度見死不救。醫生隨kā伊注射，伊連tín動的khuì絲仔嘛無，據在射針tōng佇身軀。伊形容憔悴，m̄知食偌濟苦楚。我看著1个當咧受苦的靈魂。

阿蘭師姐kā我講：「In m̄驚死，in掛意的是有人愛in bòo，臨終的時，你一定愛陪佇伊的身軀邊，伊會歡喜紮著你的愛來離開。」M̄知按怎，我的目屎suah親像拍開的水道水流袂離。《深河》的主角大津神父，跪咧祈禱，掀開聖經的1頁：「伊看起來淒慘，人人看袂起伊、放捒伊，像遭受怨妒hōng棄嫌的人，伊用手jia面，據在人欺負，伊確實揹咱的病疼，承擔咱的悲傷。」伊講：「神有各種無仝的形象……，神m̄是人仰望的對象，反倒轉來佇咱人中間，嘛包括樹仔佮花、草。」佇受苦的人身上，大津神父看著耶穌，佇動物、植物內面看著神。

Grace脫離危險，逐家攏誠歡喜。囡仔逐工都咧問：「狗仔當時會當出院？In主動捐出買sì-siù-á的錢，beh鬥khîng醫藥費，實在足感心。M̄-koh，無人會當收留伊，其實囡仔攏真興，只是序大m̄答應。我只好先kā tshuā轉來厝裡，伊的身體閣真虛lám，需要靜養。阮翁建議kā tshuā轉去學校放，我無同意。伊佇遐已經予環境淘汰1擺，

我袂使目睭金金,看伊閣受著任何傷害。

考驗tsiah拄開始。頭1暗伊上無放6 pû尿,規暝我攏無閒咧揉塗跤佮教伊佇浴間仔放屎尿。天光矣,伊總算放著所在,阮一直kā呵咾,伊歡喜kah跤手ǹg天踢來踢去,腹肚現現,後來阮tsiah知bat彼是完全臣服的姿勢。放屎尿的大代誌,總算解決矣。M̄-koh,閣來發生1件代誌予阮斯當時誠受氣。

彼日,我買好beh予伊食的、用的、耍的物件,拍開門竟然看著伊佇膨椅頂咧耍淺拖仔。我想無伊是按怎peh過隔枋仔跳去膨椅頂?閣kā家己活動的範圍舞kah lah-sap-li-lô³。歡喜的是會當確定伊的身體完全好矣,精神飽滇、活力十足。我kā塗跤掃予清氣,用報紙拗做棍仔,請伊食1頓粗飽,伊覕佇浴間仔,親像做m̄著代誌hōng處罰的囡仔,表情驚惶閣無辜。尾仔,我tsiah明白,原來原因出佇彼日我嫌便所有臭尿薟味,kā hiù芳水。

佳哉,現代資訊發達,佇短短的時間內,阮了解濟濟關係飼狗的智識。親像頭擺做人爸母,驚有任何失覺察。阮希望伊自在、快樂、幸福。Grace這个名是阮號的,意思是「恩典」佮「優雅」。予伊綴上帝姓「G」,因為上帝的恩典佮眾人的愛心,伊tsiah有tiông生的機會,阮嘛期待伊tsiânn-tsò 1个優雅的淑女。Grace予阮上安慰的是

伊袂亂吠，m̄知伊生成安靜，ah是因為我tshím頭仔kā講過Rainbow的代誌，我uān頭kā交代：「你若吵著厝邊，阮就無法度留你ooh。」我teh管教Grace的時，常在有人會問我：「伊kám聽有？」有1件代誌予我印象誠深。彼日過畫，我請假提早轉去，門拍開規个人suah gāng去。Grace竟然kā家己的被，咬kah碎糊糊，焦糧掖kah規塗跤。我kā碎糊糊的被提去擲掉，糞埽清清咧，風火tȯh，kā罵kah beh臭頭，閣講：「好食物仔你家己清，我無beh替你收。」我kā家己關佇房間內，無beh tshap伊。M̄知過偌久，Grace吠1聲，我拍開門，伊佇我的門跤口坐thîng-thîng，散佇塗跤的焦糧，全部清好矣，伊用行動回應我的要求。

　　M̄-koh，「知影」佮「做會到」是2回事。伊亂食、亂咬的歹習慣tō真oh改。屎內面有衛生紙、布、塑膠……，攏是伊犯罪的證據。醫生講狗仔若牙槽tsiūnn、不安、無聊，攏會亂咬。「潔牙骨」佮迌迌物仔阮嘛攏tshuân矣，情形全款花花仔。M̄-koh若有人佇厝裡，遮的齣頭攏袂發生。逐擺阮若beh出門，伊就恬靜坐佇壁角，用m̄甘的眼神接受阮離開的事實，予阮真行袂開跤。逐工，阮攏會當感受伊的信賴佮感恩。

　　透早伊歡歡喜喜等阮起床，看伊kā阮tshuân的物件

食了了，親像山珍海味，我攏足感動的。頭起先，阮買素食的焦糧飼伊，尾仔發現伊開始想beh食阮食的物件，番薯、馬鈴薯、金瓜、紅菜頭、青菜、果子⋯⋯，逐項伊攏beh，甚至阮配茶的塗豆，伊嘛食kah sià-sià叫。只要是阮食的，伊攏認為是人間美味。伊愈來愈成阮兜的查某囝。

Grace愈來愈活潑，拄開始伊攏綴佇阮身邊，後來袂輸野馬tsông來tsông去，m̄-koh，伊攏會停落來等阮，阮若大聲叫伊的名，伊嘛會隨tsông轉來，逐工伊攏充滿熱情佮活力。佇伊身上，阮學著真濟功課。莊子講：「道佇屎尿中。」正港1 sut-á都無m̄著。

感恩上帝賜予阮Grace，有Grace足好！

2008年寫
97年教育部本土語言文學獎教師組散文第三名作品

1　十喙九尻川：十喙諧音「雜喙」，九尻川諧音「狗尻川」，比喻人多嘴雜，像在放狗屁。
2　giȧt：頑皮、作孽。
3　lah-sap-li-lô：髒亂。

Humble 流浪記

　　Kám講一定愛佮心所愛的人分開，tsiah知影愛有偌深？Kám講失去愛，tsiah會當知愛有偌nī寶貴，偌nī值得咱珍惜？若按呢，現此時，我已經了解矣，我祈求上帝：閣1擺予我生活佇愛當中，閣1擺予我揣著我本底的幸福。

　　「媽媽，請你原諒我，好bòo？我承認是我m̄著，我無應該惹你受氣！M̄-koh，你nái會使講出：無你kā我死出去彼種話。」害我he-ku袂忍得嗾，1時衝pōng suah來離家出走。

　　「我tō m̄相信你袂煩惱我，袂m̄甘我？」拄開始，我刁工覕起來，看你緊張咧走揣我，大聲huah我的名，我閣假gâu，想講家己有夠巧，先來去迌迌半晡tsiah閣講，予你揣khah有咧，算是小可仔kā你修理1下，siáng叫你beh kā我歹？

　　我親像鳥仔放出lang，苦袂得好好仔享受完全的自由，

都市的鬧熱,對我來講是hiah-nī-á趣味、新奇。車佮人滿滿是,雖然有淡薄仔危險,m̄-koh,我已經大漢矣,我是1个勇敢的查埔囝,冒險算啥?

我的好奇心引tshuā我四界去,我耍kah m̄知人,m̄知天色漸漸暗矣,七彩的霓虹燈閃閃sih-sih,台北正港是繁華的夜都市,m̄-koh我已經失去新鮮感,我想起家己佇1个生份的所在,愈來愈緊張,愈來愈驚惶。媽媽佇街仔路大聲咧叫我轉去的聲,佇我的頭殼咧轉踅。「媽媽,我佇遮,我佇遮lah!」「你緊來tshuā我轉去!」厝佇佗位,我tsiâu捎無tsáng頭[1],是beh按怎tsiah好?

經過1間閣1間的店仔頭,我行kah跤痠手軟,腹肚枵kah大腸告小腸,猶原揣無轉去的路。姑不而將,beh佇糞埽桶內tshiau看有啥thang好止枵,tsiah發現我連糞埽桶都ián袂倒,規身軀臭konn-konn,我是hiah-nī狼狽,過去彼个媽媽的心肝仔寶貝囝,tann正港變做流浪漢矣!

「在家千日好,出外步步難」,想著過去,我真正是「人在福中,不知福」,我思念媽媽kā我mooh咧、攬咧的溫暖,思念媽媽的芳水味,思念鬥陣佇公園散步的日子。查埔囝失去媽媽的愛,嘛會大聲吼。十字路口挨挨陣陣[2]的人咧等青紅燈,逐家看起來是hiah-nī無閒,嘛hiah-nī無

情,凡勢車聲khàm過我的哭聲,總是無人掛意我,無人看著我的目屎四lâm垂!

目屎予我看無頭前的路,「pa-pa-pa」無情的lá-pah聲kā我驚1 tiô,我跋1倒。了後,就m̄知人矣!等kah我醒起來,我看著奇蹟。

媽媽佇我的目睭前。感謝上帝,祢正港有聽著我的心聲,以後我一定beh做好囝,袂閣惹阮媽媽生氣矣。我真正是好狗命,m̄-nā無死,閣會當轉去阮溫暖的厝!感謝ùn-tsiàng跤手猛,會赴踏擋仔,車輪仔跤kā我的命留咧,嘛感謝好心的阿姨,tshuā我去動物病院檢查、lù晶片,揣著資料,通知阮媽媽來接我,原來這m̄是1个無情的城市。

2014年寫

1　tsáng頭:總攬。總理各種事情的關鍵之處。
2　挨挨陣陣:e-e-tīn-tīn,摩肩接踵、擁擠雜沓。眾人成群結隊,場面很熱鬧。

狗仔情緣

　　阿娟hē諏大的決心，beh搬轉去故鄉，就親像當初時，伊決定beh離開故鄉，來台北拍拚。繁華的台北，鬧熱滾滾，算予伊開眼界矣，經過5冬的拍拚，逐工無閒tshì-tshì，食m̄-tsiânn食，睏m̄-tsiânn睏，儉腸neh肚，lak袋仔猶原貯磅子，大學畢業tsiah久，月給到tann 3萬thóng，是beh按怎過日子？

　　少年人儉無錢是普遍的現象，已經有濟濟的少年家規氣轉去故鄉發展。阿娟一直siàu念庄跤的開闊，拄好同窗的beh轉去經營農場，知影阿娟自細漢gâu煮食，做點心嘛有兩步七仔，就招伊轉去負責民宿的食食。阿娟上主要嘛考慮著佇庄跤阿爸佮tshiah妹仔的生活，阿爸會有厝邊頭尾bóng破豆，日子加khah心適；Tshiah妹仔m̄免逐工關佇厝內，嘛會加誠自由自在，伊一定會暢kah。

　　熟似阿娟，尾--仔變做好朋友，會使講攏是因為Grace

佮Tshiah妹仔的關係。因為阮2人對狗仔的愛，予阮佇半路拄著平平uì雲林來的對方，這份難得的緣份，阮滾耍笑講是狗仔情緣。

彼工beh暗仔，阮tshuā Grace去散步，有1个騎oo-tóo-bái經過的查某囡仔，hiông-hiông停落來，伊用欣賞的眼神掠Grace金金siòng，呵咾Grace生kah誠媠。問我：「Kám有予伊食鈣片？」我幌頭講：「無neh！」伊閣問1擺，親像聽無斟酌，閣親像m̄敢相信的款。這個查某囡仔就是阿娟。

M̄知是Grace siunn古錐，ah是阮siunn迷人，不時有生份人佮阮相借問。其實攏是咧問Grace的代誌lah，有的bóng開講，有的正港想beh了解飼狗的鋩角。雖然阮m̄是飼狗專bûn科的，m̄-koh逐家攏知飼狗的人便若講著狗仔經就袂收煞！

阿娟觀察著Grace誠聽我的話，問我講in兜的Tshiah妹仔攏m̄聽話beh按怎？伊報我看伊予Tshiah妹仔咬著的khang-tshuì。夭壽ooh，新傷舊痕滿滿是。

「飼伊3冬，kan-nā開佇這的醫藥費，上無有7、8千箍。」阿娟感覺委屈講。

「Nái會按呢？Siunn hàm矣lah。」我實在m̄敢相信。

論真講起來，流浪狗感恩主人予in有thang食、有thang

蹔、有人疼惜，攏會真聽人的喙，袂按呢tsiah著。

阿娟講Tshiah妹仔是因為都市更新的關係，去予人放揀，佇in兜附近流浪，覷佇in阿爸的車跤，in阿爸khoo伊，伊就綴轉來厝。In阿爸有歲矣，厝內食穿攏阿娟咧發落。

「Tshiah妹仔kan-nā聽恁阿爸的話？」阿娟tìm頭。

按呢看來Tshiah妹仔的目色不止仔好，對伊來講，阿娟只是厝裡的辛勞。

阿娟上要意的m̄是家己予狗咬，伊煩惱的是Tshiah妹仔kám破病矣？伊講Tshiah妹仔行行咧會軟跤，我想beh報伊平常kā Grace看病彼間動物病院，hiông-hiông想無病院叫啥名，阿娟kā手機仔提出來Google 1下，uì路名隨揣著矣。Tsit-má，網路實在有夠利便。伊順紲予我看伊的面冊，內面有濟濟Tshiah妹仔的siòng片。阿娟誠用心照顧Tshiah妹仔，無應該受這款對待。

「你請恁阿爸叫Tshiah妹仔愛聽你的話，袂使kā你咬，若無——叫伊皮penn khah ân咧！」

就按呢，阮佇面冊看著Tshiah妹仔愈來愈聽話，愈來愈乖，阿娟一直kā 我說多謝！趁beh搬轉去雲林tsìn前，阿娟約我見面lim咖啡。

「另日你若有轉來西螺，會記得uat來古坑相揣。」

「有啥物問題咧，時到阮一定會去看恁Tshiah妹仔。」

看阿娟離開的形影，雖然有淡薄仔m̄甘m̄甘，m̄-koh，阮深深祝福這个善良閣有孝的查某囡仔。

2015 年寫

你已經走 kah 遠遠遠，
我猶咧學講再會

這 kái，你正港離開阮身軀邊矣，佇舊年的熱人。

你已經走kah遠遠遠矣，我suah到tann猶咧學講再會。

2022年新曆7月15號彼工透早，天猶未光，阿爸目睭sa-bui sa-bui[1]，行過來看規暝攏無睏的你佮我。我kā阿爸講你喘規暝，大筒的已經滴了矣，m̄-koh，尿猶原放袂出來，等天光愛閣tshuā你來去揣醫生。其實3工前，醫生有講過你隨時有可能會來離開，因為嚴重多tiông器官衰竭。醫生有教阮按怎kā你注射佮照顧，ǹg望予你莫hiah-nī痛苦。醫生叫阮考慮予你安樂死，m̄-koh，阮無希望行到彼个坎站。你猶閣咧拚命想beh留落來世間陪伴阮，阮thài會當先kā你放棄？阮真正做袂到。

暝日陪你，佇你的身軀邊替你祈禱。1擺閣1擺佇你的耳空邊寬寬仔叫你的名，kā你講阮希望你會當康健、快樂

活佇世間，m̄-koh，若身體袂堪得矣，莫閣勉強家己留落來。「阮會勇敢面對家己的人生，你免m̄甘我，我會規欉好好，你正港m̄免煩惱我。」我祈求上帝，若是你的時間已經到矣，就tshuā你轉去，莫閣予你佇遮受苦矣。我知影你足艱苦、足艱苦的，你喙齒根咬ân咧忍耐，恬恬無聲無說。

M̄-koh，你連喘khuì都困難，你喘phīnn-phēnn的聲無法度掩崁，1聲閣1聲傳入我的耳空鬼仔，若雷公咧tân，我的心肝嘛綴咧tiuh-tiuh疼。攏這个坎站矣，你猶閣咧替阮想，驚kā阮驚著。艱苦kah tsih-tsài[2] 袂牢的時陣，tsiah hiông-hiông吠1聲，聲音jiàu破本底就暗淡稀微的暗暝。

你虛lám的身軀，uì佇病院就無正常放電，m̄-koh，你拚性命咧控制家己，莫予iûnn-hîn[3] 發作，驚彼款恐怖的模樣會kā阿母驚著。你一直攏是阮上乖巧、上貼心，阮上m̄甘、上疼惜的查某囝。

凡勢你聽著阮天光以後beh tshuā你去病院，無希望閣麻煩阮。當阿爸伸手kā當咧受苦的你惜惜，佮平常仝款kā你的腹肚沓沓仔、輕輕仔挲挲。你看起來kán-ná足享受的款。這時，阮感受著講袂出來的神聖佮莊嚴，愛uì你的目神淡開，氣脈佇你的身軀勻勻仔行。紲落，你順勢雙

跤伸直踢出去，suh最後1口khuì，就來離開袂堪得的身體，你解脫矣。阿爸、阿母恬恬，陪伴佇你的身軀邊。

你脫離肉體的束縛，從此，免閣佮身苦病疼pinn-puėh[4]。平和的氣氛kā咱包圍，本底penn-ân[5] king牢的一切，hiông-hiông放līng放鬆，你腹內的血水tsuán uì喙流出來，放袂出來的尿佮屎，嘛綴咧pâi-sià掉，你的艱苦、拖磨結束矣。阮應該愛替你歡喜，kám m̄是？你的一生，你的旅途，到遮煞尾矣。我閣khah m̄甘，嘛愛祝福你。

你佇這个世間16冬，你是大隻狗，用人的歲數來算，上無愛乘6 ah是7。你12歲的時，醫生講你已經足老矣，佇狗仔界算長歲壽，愛kā你當做百歲的老人來看待。阮按怎嘛無法度相信，因為你看起來足少年款，充滿活力。檢采是食素食閣有咧修行，你的面模仔媠閣清光，好笑神的囡仔面，按怎看嘛無老人pān，m̄-koh，你的跤骨正港袂藏歲矣。

體重siunn重，除了你愛食、貪食，阮袂堪得你注神的koo-tsiânn[6]，嘛是主要的原因，你減重m̄-bat成功過。阮食啥物，你攏認為是世間美味，甚至生的kue-á-nî佮紅菜頭仔，你嘛討beh食。

跤無力，無才調行路，是尾仔上困擾你的問題。有1擺，你規个跤攏袂行1禮拜tah-tah，彼禮拜咱的日子攏足歹過

的，因為你慣勢逐工早暗愛出去外口放屎、放尿。我佮阿爸2个人做伙kā你抱、kā你攬，雖然是寒人12月天，嘛舞kah大粒汗、細粒汗，足無簡單tsiah完成屎尿大事。我險險仔衝去訂輪椅，佳哉，1禮拜了後奇蹟出現，你閣會行矣！

西醫看透透，理論講kah規thoo-lak-khuh，就是beh開刀。你有歲矣，開刀風險大閣愛規身軀注麻射，阮當然嘛buái。中獸醫針灸[7]治療佮電療嘛攏有去做過。逐擺針灸的時，阿爸、阿母佇你的邊仔倚beh半點鐘久，kā你安搭，予你莫驚惶亂tín動。有時tshȧk針lak落去，閣會予醫生罵，1擺2、3千箍的醫藥費走袂去。開錢、了工，無tánn-kín[8]閣討皮疼，若有效果就好，上害的是慢kah，看無有精差bòo，幾個月了後，就無閣去矣。

上尾仔，固定佇台北1个老醫生遐看病、提藥仔。伊開的藥仔kán-ná有對症，你跤疼袂行的情形有改善。阮bat問醫生足濟擺，長期食這西藥kám袂傷身體？醫生攏kā阮應講彼止疼佮筋肉放鬆的藥仔無啥要緊，閣講愛顧你的生活品質。

彼陣你的跤若khah好淡薄仔，就歡喜kah khȯk-khȯk跳，tsông來tsông去，ná 1隻lȯk-khȯk馬[9]，攏講袂聽。一直到kah你無閣跳，跤步愈來愈慢。上尾，甚至軟跤un落行袂去、食袂落，阮tsiah知影這聲代誌大條矣。

Kán-ná嘛想無步，為著顧你的跤suah去傷著你的腰子，阮嘛m̄知按怎做tsiah著。Tann，講講這嘛無效矣。

　　佛讚的慈音，規律的節奏，陪伴咱、安慰咱，時間恬恬經過8點鐘久。下晡，寵物禮儀師來kā你接走，你的面安詳kah，親像睏kah足落眠仝款。禮儀師聽講你有16歲矣，攏m̄敢相信，講你看起來kán-ná 10歲的款。

　　送你離開厝，我佮阿爸的目屎hiông-hiông親像溪水poh岸崩去，厝內咧淹大水，全部的家伙[10]攏浸kah澹糊糊，心悶，無話。

　　拜一早起，是你火化的日子，阿爸、阿母用上簡單的儀式，送你離開，時到阿爸佮阿母全款會陪伴你。

　　無kā任何人講Grace離開的消息，我驚家己猶未講出喙就哭出來。火化彼1工，阮早早就出門。去林口參加Grace的畢業典禮。阮知影Grace已經無佇這个物質世界矣。從此天人兩隔，阮beh去佗位走揣阮古錐的查某囝咧？

　　懷恩園有濟濟人佮阮仝款失去所愛，有查埔、查某，有少年的，嘛有老的，隨个仔隨个攏哭kah足悽慘的。In疼惜所愛的心，m̄甘寶貝離開的心tsiânn，佮阮是相siâng的。

　　佇懷恩園，送Grace最後1程的時，我無吼，我buái伊看我流目屎艱苦kah行袂開跤。典禮結束，悲傷suah袂

輸海湧 kā 我淹淹去。我跋落茫茫的傷心海，孤孤單單 1 个人，佇咧 bȯk-bȯk 泅，giōng-beh 駐水[11]。

我 m̄-nā 1 kái 問天，嘛問家己：我的傷悲 kám 有 phīng 人 khah 濟？khah 深？khah 重？為啥物我需要足濟時間，沓沓仔消化我的傷悲。我真正 m̄ 知傷悲當時 tsiah 會過去。是我 khah 多情？Ah 是我 khah 頂顢、khah 無才調？

M̄ 知按怎，我想著佛經內底的 1 段故事。

有 1 个失去囡仔的婦 jîn 人，伊傷心 kah giōng-beh 活袂落去，就去拜託 Sik-khia-môo-nî 佛祖 kā 伊鬥相共，予伊的囝閣活轉來。佛祖叫伊去揣 m̄-bat 有人死去的彼口灶，若揣會著 tsiah beh kā 伊鬥相共。婦 jîn 人無暝無日袂輸起痟拚命揣，1 kái 閣 1 kái 仝款攏失望。佇咧四界走揣的過程，伊了悟人世間有生就有死的道理，嘛接受家己的囡仔已經離開的事實。

我的理智 kám m̄ 是攏足清楚這个道理？是按怎我袂輸變做彼个番 pì-pà[12] 的婦 jîn 人？

Grace！感謝你來世間陪伴我，咱做伙行過的跤跡，攏留佇我的心肝 ínn-á，有你的日子，有嬌噹噹、光 iānn-iānn 的色水，充滿笑聲佮美麗的記持。應該是你 siunn 好，tsiah 會予我 tsiah-nī m̄ 甘、tsiah-nī 放袂落心、tsiah-nī 傷悲。

我知影你會永遠活佇阮心內。多謝你，我親愛的查某囝。多謝你來人世間 1 tsuā，陪伴阮行過孤單、行過鹹酸苦 tsiánn，留予我濟濟美麗的記持。我相信後擺咱一定會佇天頂相會！時到，我會 kā 你講你離開了後，阿爸佮我替你看著的婿風景。佮你分享阮人生另外 1 段，無你佇身軀邊的故事。

2023 年寫

1　sa-bui：沙微，瞇眼。眼睛微微閉合。常重疊使用。
2　tsih-tsài：接載，支撐、支持。
3　iûnn-hîn：羊眩。癲癇，一種陣發性的疾病，有時患者會突然昏倒，出現咬牙、口吐白沫、四肢抽搐等症狀。
4　pinn-puėh：對抗，抗衡。
5　penn-ân：繃絚，緊繃。
6　koo-tsiânn：姑情，懇求、情商、央求，低聲下氣地向他人請求。
7　針灸：tsiam-kù，用特製金屬針，或燃燒「艾絨」（艾葉陰乾搗碎、除去青渣製成），刺激經脈穴道治療疾病的療法。針法和灸法合稱為「針灸」。
8　無 tánn-kín：無打緊，不要緊、沒關係。通常用於表示還有更糟的事。
9　lȯk-khȯk 馬：碌硞馬，指馬跑個不停。「碌硞」是馬跑步的聲音。
10　家伙：ke-hué，財產、家當。
11　駐水：tū-tsuí，浸水、溺水、積水。
12　番 pì-pà：不講理。

白目 ka-tsuȧh

昨暝當咧坐禪，坐到半暝 m̄ 知人，hiông-hiông 感覺我的跤腿肉有幾若肢幼幼的跤咧輕輕仔徙 tín 動，意識著應該是 1 隻 ka-tsuȧh[1] 咧逡 sô，我自然反應哀 1 聲隨 peh 起來，伊已經 m̄ 知 suan 去佗位矣。

我行去浴間仔，電火開開，想袂到 tng 當我坐佇馬桶，閣有 1 隻 ka-tsuȧh 佇我的面頭前，無 kài 遠的所在，掠我金金 siòng，我驚伊 tsông 過來，kā 伊講：「莫烏白來 ooh，走！」伊猶佇遐 tùn-tenn[2]，正港食人夠夠，kám 講欺負我善良人？我氣 1 下大聲 tshiàng 聲講，恁 m̄-thang siunn 超過，若無，全部 kā 恁趕趕出去。

覗佇壁角的 siān-âng-á[3] 大的，這隻報馬仔隨發出 1 聲大大聲 kiȧk-kiȧk-kiȧk-kiȧk-kiȧk，我 kán-ná 聽出來伊咧講：「Khah 有站節[4]咧，m̄-thang 相害，若無你就知。」Siān-âng-á 叫聲 1 恬去，彼隻 tùn-tenn 的 ka-tsuȧh 袂輸接

著命令，隨拚咧lōng，走ná咧飛，siuh 1下隨無khuàinn影。看起來siān-âng-á閣會記得hōng趕出去的滋味，雖然，尾--仔伊閣想辦法偷suan轉來。

彼2隻大隻的siān-âng-á搬來阮兜蹛足久矣，尾仔閣生2隻siān-âng-á囝，親像1節尾指指[5]仔大，覕佇客廳1幅掛圖後壁，不時探頭kā阮siòng，阮頭擺看著hiah-nī細隻的siān-âng-á囝感覺誠古錐，有夠心適。佇阮兜kán-ná嘛蹛著慣勢慣勢，沓沓仔大隻起來。逐暝阮翁若行入去房間睏，覕佇壁角的siān-âng-á攏會出聲1句kiák-kiák-kiák，通知覕佇厝裡的蟲thuā，若beh出來活動，會使安心出來矣。In罕得半暝咧叫，彼个即時[6]的叫聲清楚明白，袂輸急急如律令。

有1站仔，阮翁會kā出來luā-luā-sô的ka-tsuàh趕出去，幾擺了後，in若無細膩佮阮相拄，若m̄是反腹假死，就是假死激袂tín動，趁阮去提掃帚、奮鬥的時，伊tsiah偷偷仔suan走。嘛算是有kā咱尊存，久來，互相無相犯，阮嘛tsuán目睭kheh-kheh，準無khuàinn，由在in。

我佮真濟人仝款討厭ka-tsuàh、驚ka-tsuàh，偏偏in閣真gâu生湠，四界攏有in的形影。講起來in嘛真厲害，不管世間人按怎用盡步數想beh消滅in，in嘛猶原活kah好勢仔好勢，不管環境按怎，伊攏有才調活落去。

佇阮兜的 ka-tsuȧh 窮實[7]活 kah 真辛苦，食的物件阮攏盡量收 kah 清清氣氣，我想無 in 佇阮兜無啥物 thang 食 nái m̄ 搬走，仝款 beh 生活佇這个所在。Kám 是 ka-tsuȧh 知影生活安全、自在比食穿 khah 重要？若真正按呢，咱愛呵咾 ka-tsuȧh 閣不止仔有智慧。無親像彼个 siàu 想 beh 選咱台灣總統的大企業家，竟然講出「民主袂當做飯食」這款話，若 uì 這點 kā 看起來，顛倒不如阮兜的 ka-tsuȧh。「性命足寶貴的，愛情閣 khah 值得咱珍惜，m̄-koh，為著自由，準講愛失去彼 2 項嘛無算啥。」民主、自由 kám m̄ 是咱的普世價值？

　　阮食素食，蹛佇阮兜的 ka-tsuȧh 無啥物油臊 thang 食，除了食果子佮生的番薯、馬鈴薯、金瓜、苦瓜等等，我嘛 bat 看著予 in 食過的番薑仔，我曝佇後壁露台的番薑仔，頂面有 in 咬過的痕跡，佮 in 留佇邊仔的 ka-tsuȧh 屎，kám 是咧抗議 hiam kah beh 死？

　　這站仔，阮 siunn 無閒，閣加上 3 工無佇厝，看起來予 in 日子過了 siunn sáng-sè[8]，suah 袂記得 siáng 是這間厝的老大的，乞食趕廟公，看貓無點，敢來惹我，tshàng-tshiu 的白目 ka-tsuȧh，你害矣。

2023 年寫

1　ka-tsua̍h：虼蚻,蟑螂。昆蟲名。
2　tùn-tenn：頓蹬,暫停腳步、暫時停頓。
3　siān-âng-á：蟮尪仔,嘛有人講蟮蟲仔 (siān-tâng-á),守宮、壁虎。爬蟲類動物。背部灰暗,身體扁平,能在牆上和天花板爬行。
4　站節：tsām-tsat,分寸。
5　尾指指：bué-tsíng-tsáinn,小指,手或腳的第五指。
6　即時：tsik-sî,立刻、馬上。
7　窮實：khîng-sit,說真的、其實、歸根究底、嚴格說起來。
8　sáng-sè：聳勢,威風,高傲神氣、作威作福的樣子。有時略帶貶義。

古錐的貓

彼隻貓引起我的注意,是因為伊khut佇1盆花坩頂懸咧食草,tsìn前我kan-ná知影狗會家己揣草仔食,我行倚去斟酌看,閣有影咧食草,佮以早Grace仝款食彼種kán-ná菅芒的幼草仔尾tsat。伊嘛kā我siòng 1下,kán-ná咧講kám有啥物問題?

手機仔提來的時,伊已經走矣,袂赴kā伊彼款自在食草的形翕起來。

我拄tsiah ná看伊食草ná想講伊kám是流浪貓?Kám有腹肚無爽快?Thài會佇遮咧食草?Grace佇咧的時,若身體kò樣,攏會家己揣草仔食。

凡勢伊有聽著我的心音。我佇中庭陪阿母散步,伊hiông-hiông喵1聲,uì樹欉邊仔跳出來。等我行倚去,伊tsiah沓沓仔引tshuā我去1戶倚家門口,伊袂輸行灶跤仝款,uì大門邊仔suan入去了後,tsuán坐佇遐看我,原

來伊是彼戶飼的貓，伊的岫袂細間，lim的水佮食物攏滇滇。誠替伊歡喜，伊是有人疼惜的貓。

我beh走的時，伊閣綴出來，m̄-nā排pose予我翕siòng，閣一直kā我nuà咧討摸，紲落the咧píng腹肚愛我kā惜惜。Nái有tsiah-nī古錐的貓lah？

2024年寫

第五 pha
歷史人文

溪水恬恬仔流

濁水溪晟養我大漢、陪伴我成長，對伊有 khah 深淡薄仔的知 bat，卻是佇離開了後，好親像對自細漢疼惜我的春生阿伯，我一直攏 m̄ 知，原來伊有 hiah-nī 濟、hiah-nī 深的悲哀。

濁水溪，台灣上大條的溪。Uì 海拔 3 千 400 外米懸的合歡山南爿，濁水溪展開伊坎坎 khiat-khiat、彎彎 uat-uat 的 186 公里。佇南投的山區，2 爿岸攏是絕壁、斷崖，水真 tshuah 流。到雲林的林內 tsiah 開始進入平地。水路 hiông-hiông 變闊，kán-ná 親像 1 支大鼓吹，聽講遮是濁水溪溪流上富裕的所在。

阮兜就蹛佇倚鼓吹尾的 1 个小小的庄頭，人講「靠山食山，靠海食海」，阮規庄攏是做穡人，攏靠濁水溪食穿，10 戶有 9 戶佇溪底種西瓜、種芳瓜仔。我讀的國校仔、國中，攏佇離 poh 岸無偌遠的所在。讀國校仔的時，1 陣囡仔

伴，定定跳過學校運動埕的低圍牆仔，去溪邊踏沙、耍水、抾石頭仔。明知影轉去會hőng罵，嘛是猶原tsiàu耍。庄裡的囡仔攏知影，若無佇溪底耍水，就袂予序大人用籐條修理kah金sih-sih，ah是攑掃梳gím仔[1]請食1頓粗飽。庄裡的序大人上捷罵講：「恁這陣死查某鬼仔，真正是七月半鴨仔，m̄知死活！莫看溪水無攪無抾，死giān-giān[2]，大水若hiông-hiông來，恁hòo，走就袂赴市矣。」橫直就是袂使去耍水。

挽瓜仔期是阮規庄上歡喜，嘛是上無閒的時陣，透早天猶未光，規庄頭袂輸放空城，大大細細攏走去溪底報到。溪底沙仔埔是阮的運動埕，囡仔人ná做穡ná耍，m̄驚熱，嘛無咧驚曝。無親像查某人驚曝烏，日頭火燒埔，閣有才調穿長䘼仔衫，m̄-nā戴瓜笠仔[3]，閣用包袱巾khàm頭ho̍k面，包kah密tsiuh-tsiuh，賰2蕊目睭。你kám會當想像彼陣日頭有偌毒？Ah若庄裡的查埔人，大部份的時間，規氣褪腹裼[4]，kan-nā穿1領短褲tsat仔，佮赤炎炎的日頭對削。

大水當時會來、當時beh來，正港袂按算。溪水平常濁濁烏烏，看起來beh死盪幌，無1絲仔活力。搪著水源頭的山區落大雨，溪水會變做漚屎色。萬不利若拄著內山做大水ah是崩山，1目nih-á溪水就變成紅磚仔色，袂輸

大動脈出血袂收煞。溪水kā一切攏tshiâng走,所有的瓜仔攏烏iú去,做穡人的希望、心血,目1下nih隨變水波,消失無蹤。

　　我12歲彼年,第一擺看著翻轉工就beh收成的西瓜,逐粒大大粒的瓜仔,破開瓜仔肉紅kòng-kòng、甜閣厚汁的富寶仔西瓜,suah因為半暝做大水,予大水tshiâng kah啥物攏無去。1透早天都猶未光,春生阿伯就緊趕去溪底,原本青lìng-lìng的瓜仔園,賭phiàn地荒野。有的人早就趕來到溪埔,逐家你看我,我看你,恬恬無聲,目睭金金看無情的溪水連浮沙仔嘛紮走。Ah!塗沙,阮庄的西瓜種佇溪沙埔,kám是頭起先就註定這種收束的運命?Uì彼工開始,我學會曉大人的傷心,徛佇邊仔恬恬看,坐佇poh岸恬恬拭目屎。

　　春生阿伯kā我惜惜咧,kán-ná知影我的心思。伊的聲音聽無1 sut-á傷悲,伊講:「Gōng囡仔!這就是人生。世事歹按算,真濟代誌攏料想袂到,m̄-thang艱苦。」辛苦種作,無定著有收成,是濁水溪教阮的頭1項人生的功課,嘛是誠寶貴的智慧佮經驗。雖然按呢,咱的田園嘛袂使拋荒,猶原愛繼續拍拚、認真圓夢,因為阮知影,若無骨力拍拚就永遠無收成的彼1工。

　　春生阿伯佇庄裡開1間kám仔店,有歲了後,溪底的

穡頭就交予in囝去發落，阿萬兄誠拍拚，天公伯仔嘛真疼惜，連紲幾冬收成攏袂bái。阿萬兄買田地hak家伙，穡ná作ná闊，嘛對伊的後生廖家唯一的香火，有真大的ǹg望。佇這个保守的庄跤所在，重男輕女是真平常的。In認為後生是未來的倚靠，ah若查某囝大漢嫁出去就是別人的，冊讀有讀無攏無啥要緊。春生阿伯疼孫，橫直厝內面無欠錢，就據在查某孫仔beh讀就讀起lih。Ah若阮阿母，本底就是都市來的讀冊人，為著阿爸嫁來庄跤，siáng知無幾冬，阿爸就過身矣。講起來是命運創治人，厝裡生活艱苦，m̄-koh阿母為著栽培阮4个查某囝，喙齒根咬咧，恬恬仔kā重擔tann咧。阮姊妹仔愛讀冊，春生阿伯嘛支持佮照顧阮。

去台南讀大學，予我看著另外1个世界。無形中，我的心佮春生阿伯愈來愈倚。讀著1頁閣1頁台灣悲情的歷史，我發現內面有點點滴滴春生阿伯的血淚佮心酸。佇春生阿伯的身上，有濟濟連阿姆佮阿母嘛無一定知影的過去。春生阿伯從來m̄-bat講起，一直到我開喙問伊。

春生阿伯kā我講伊差1 sut-á就hŏng調去南洋做軍夫的往事。伊好親像咧講別人的故事，頭起先，先去屏東的林仔邊守海防。去都無1年，出操的時無細膩倒跤著傷。無偌久，khang-tshuì開始發癢、孵膿，規肢跤紅kì-kì、腫歪歪。Suah落去，閣不幸去uè著ma-lá-lí-á[5]，發作的

時,規身軀liâm-mi寒liâm-mi熱,艱苦kah beh死,哀爸叫母。有1工,做兵仔伴看伊苦憐,tshân-tshân-á刀仔攑咧kā爛去的肉liô掉,死馬當做活馬醫,春生阿伯規肢骸流血流滴。彼暝,ma-lá-lí-á閣夯起來,春生阿伯掠準講伊這世人無法度閣活咧轉來去故鄉矣。因為疼,嘛因為絕望,春生阿伯死命哀。哀kah日本兵仔擋袂牢,suah kā扛去擲佇海裡。

春生阿伯講伊透世人無可能袂記得海水的滋味,彼暝,苦苦苦、澀澀澀的冷,摻著死亡1步1步逼近的烏暗。Khang-tshuì予海水浸著袂輸千支萬支針咧ui,規身軀kán-ná káu-hiā咧咬。一直到天光,春生阿伯精神過來,發覺家己竟然閣活咧,懷疑一切kám是咧眠夢。

「塞翁失馬,焉知非福?」排長叫春生阿伯轉去厝休養,等病好tsiah閣轉去部隊。講嘛怪奇,便若接著兵單,病就夯起來。尾仔,日本戰敗,春生阿伯的病嘛免藥醫tsuán好去。16、7歲的少年家,被迫離鄉背井,uè著無藥醫的症頭,hōng擲佇海裡,大難無死。上尾仔,suah家己好去。「這m̄是上帝創作的奇蹟是啥?」M̄-koh,上帝的旨意到底是啥物?

春生阿伯性地好,做人閣古意,佇厝裡阿姆的聲嗽永遠比阿伯khah大,就算講佇人客出出入入的kám仔店,

阿姆嘛大細聲kā春生阿伯huah來huah去。

人客來買物仔，1句「頭家，無錢，先賒咧」，無論過偌久，春生阿伯若知影對方有困難，嘛袂kā人催siàu。囡仔來買kâm仔糖，錢紮無夠，春生阿伯tsiàu提予in。雖然按呢，春生阿伯的店m̄-nā無了錢，生理suah顛倒愈來愈好，大人、囡仔攏知影頭家足好心。欠siàu的人，手頭若khah līng淡薄仔，就會提錢來還。M̄-koh，庄跤pīng無一直攏tsiah-nī單純、樸實。尤其最近這10外冬，原本出門無咧鎖門嘛袂著賊偷的庄裡，連紲幾若口灶攏著賊偷，連關聖帝君的金牌嘛hőng剝剝去，別庄的情形嘛無好kah佗位。掠著的賊仔，有的是爸母佇台北食頭路、管教無法tsiah送轉來hām阿公、阿媽蹛的m̄-tsiânn囡仔，有的是uì外地來的歹星仔。春生阿伯幌頭、吐大khuì講：「台灣到底是按怎？人的心肝變kah這款形！」春生阿伯1工比1工閣khah恬靜，定定1个人無聲無說。

歇熱，我uì台南轉來，kā春生阿伯鬥顧店仔。人客來買青島bì-lù，我問春生阿伯囥佇佗位，伊手比壁角的bì-lù講：「外國bì-lù佇遐！」表情自然閣平靜。彼是春生阿伯頭1擺講出伊的國家認同。頂1擺，我kā春生阿伯講學校有教著二二八事件，伊誠意外問我：「Kám有影？」其實，春生阿伯逐工攏有咧看電視新聞，只是濟濟刣人放火的社

會事件，予伊誠感慨。遐的真真假假、反起反倒、看著足倒彈的政客，予伊早就對政治死心，伊看無未來的光。

彼暗，我問起太平洋戰爭佮戰後的台灣。春生阿伯講：「聽著日本戰敗，逐家歡喜kah流目屎，歡喜總算免閣予日本人統治矣。」「Siáng知，有夠夭壽！狗走豬來！」春生阿伯講起50外冬前的往事，竟然hiah-nī-á受氣，彼是我第一擺看著春生阿伯起性地。「咱放炮仔迎接in，in suah用銃子對付咱，恁講kám有天良？」春生阿伯講二二八事件發生tsìn前，彼站仔伊孤人佇台北拍拚，佇台灣大學彼箍lê仔，咧kā人種稻仔。彼陣，春生阿伯定定看著綴國民政府來的外省仔四界luā-luā-sô，阿兵哥無啥紀律，有的袂輸歹星仔，歹tshìng-tshìng，食物仔m̄-nā無納錢，閣連碗suah phâng咧走。「國民政府接管台灣，會予咱過好日子的美夢，真緊就破碎去矣。」愈來愈濟台灣的智識份子有這種覺醒。錢ná來ná薄，日用品、油、米ná來ná貴，外省仔佮台灣人衝突嘛ná來ná濟。春生阿伯有1種不安的感覺，厝裡的序大人嘛一直叫伊轉去，就按呢春生阿伯就轉來故鄉，閣1擺逃過死亡的魔掌。

「你kám知bat廖文毅？」春生阿伯hiông-hiông問我。我想起讀過的資料，頂面記載1956年「台灣共和國臨時政府」佇東京成立，彼當時「大統領」就是廖文毅。隔

轉年，廖文毅閣hőng邀請參加馬來亞聯邦獨立的慶祝，佮世界各國的元首pênn徛起。我問春生阿伯：「你kám是咧講台灣共和國的大統領廖文毅？」春生阿伯tìm頭，表情嚴肅，眼神閃過1絲仔光彩。「伊是咱遮的人，是咱台灣的榮光！」春生阿伯講二二八事件tsìn前，廖文毅、文奎2兄弟佇台灣四界走tsông、演講，宣揚「聯省自治」、「台灣地位未定」，希望咱台灣人家己來統治台灣。二二八發生的時，in拄好去上海訪問，聽著台灣出代誌，為著beh救遐的受難者，發表二二八事件處理建言，suah hőng當做叛亂通緝犯。Tsuán流亡海外，佇海外推揀台獨運動。

「人是刀，咱是菜砧頂懸的魚佮肉，beh剖、beh割據在人。」發生二二八悽慘的代誌，全台灣死偌濟人咧，正港算袂了，智識份子隨个仔隨个攏hőng sa-sa去。春生阿伯講出當年規庄頭少年仔差不多攏有去參加集會、利用暗時仔包圍虎尾糖廠的祕密，一直到遐的讀冊人死的死、逃的逃tsiah散了了。

「誠可惜！終其尾，廖文毅suah放棄台獨運動，歸順國民黨政府！」春生阿伯的口氣充滿遺憾。春生阿伯回想彼陣的情形講：「逐家講有偌失望，就有偌失望。」廖文毅的存在，對蔣家的政權是1个大威脅，伊是國民黨政府「頭號大敵」，卻是當時台灣人出頭天的ǹg望。

春生阿伯好親像會當體會伊的心情，吐1下大 khuì 講：「In 老母的年歲 hiah-nī 大，閣雙眼失明，佗1个做人後生的離開厝 hiah-nī 濟冬袂 siàu 念老母？」「阿嫂、小弟規个家族……，連管家嘛 hōng 掠去關。」「大孫閣 hōng 判死刑。」國民黨用各種步數威脅、交換條件。

　　1965年廖文毅轉來，彼年，廖老夫人高齡92歲，佇情治、調查、軍警單位「關愛、保護」之下，替廖家老夫人作壽，過最後1擺生日。隔轉年，廖老夫人就過身矣。

　　「Hiah-nī gâu 的人都無法度矣，咱無讀啥物冊，閣會有啥辦法？」原來 uì 彼陣開始，春生阿伯對政治徹底失去任何的期待。

　　「In 老母出山彼1工，tih-beh 規西螺鎮的鄉親佮附近庄頭的人攏來相送。」春生阿伯講伊生目睭、發目眉 m̄-bat 看過 hiah-nī 隆重的喪事。「政府派偌 nī 濟人來監視咧，恁 kám 知？逐家嘛 tsiàu 去。」我好親像慢慢仔綴春生阿伯的跤步，行入去1966彼年的老西螺。看著廖文毅坐佇老厝大承堂的門跤口，恬恬守靈的稀微佮寂寞；看著廖家的長工無閒咧 kā「烏頭仔公務車」妝 thānn 做花車的模樣；看著長 lò-lò 出山的 hâng 列，沓沓仔行 uì 小茄苳的墓仔埔。

　　歇熱結束，我閣1擺 beh 離開厝，離開的前1工下晡，

溪水恬恬仔流

春生阿伯招我去溪邊散步，黃昏的溪埔，曾經是我囡仔時的運動埕，有我囡仔時的樂暢，有我青春的美夢。

夕陽kā天邊的雲ang染成各種色水，西照日kā瓜仔園tshiō kah反射出閃閃sih-sih迷人的光影，講嘛奇怪，1粒1粒圓滾滾的西瓜幻化做輕báng-báng仔giōng-beh飛tsiūnn天的雞胿仔……。我想著細漢的時，看雞胿仔慢慢仔飛起lih天頂，有1種特殊的感受，好親像看著1个1个等待實現的夢想。

「Gōng囡仔！」春生阿伯kā我uì遙遠的天邊giú轉來。

「這世人我看盡人生悲歡！我知影家己時間已經賰無偌濟矣！」春生阿伯有淡薄仔憂愁，看溪水恬恬仔流，我想我加減了解伊的感受。歷史的溪流，時時刻刻流無停，m̄管是個人ah是國家，甚至是全人類。咱台灣的歷史溪流beh何去何從咧？我hiông-hiông想著大統領廖文毅佮濟濟為台灣建國犧牲的英靈，佮遭受迫害遠走他鄉、死佇異國的靈魂。

「台灣的未來就看少年輩的恁矣！」春生阿伯閣1擺像囡仔時，kā我的手牽牢牢，講出伊的期待。

天色漸漸暗矣，阮行過的塗沙，留落深深的跤跡。春生阿伯牽我的手，1步1步行向光明的所在。

2003 年寫　2023 年改寫
本文得著 2003 A-Khioh 賞散文頭賞

1　掃梳 gím 仔：掃梳笒仔，sàu-se-gím-á，指竹掃把上一枝枝的細竹枝。
2　死 giān-giān：死殗殗，死氣沉沉、要死不活。
3　瓜笠仔：kue-le̍h-á，用竹篾和竹葉做成的斗笠。
4　褪腹裼：thǹg-bak-theh，打赤膊、光著上身。
5　ma-lá-lí-á：malaria，寒熱症，瘧疾。

懷念西螺大橋

　　自我有印象，西螺大橋一直坦橫tshāi佇遐，陪伴我、看顧我1冬閣1冬，親像故鄉的阿母，恬恬看顧我鬱卒、無得定的青春少年時。大橋逐冬看濁水溪做大水，濁濁濁的大水，袂輸uì天頂來，四界亂亂tsông，走揣性命的出路。

　　大橋hānn過濁水溪，西螺佮彰化的隔界。橋的彼爿，對細漢的阮來講是另外1个世界，thàng台中、台北，thàng花蓮、thàng美國，thàng1个1个遙遠生份的所在。細漢的時，阮uì阿母遐了解外口的世界，彼陣阿母就是阮的圖書館。

　　阮享受伊的溫暖佮柔情，心花開的時，佇橋頂散步看日頭出來、日頭落山；心悶的時，佇橋跤tsàm[1]塗沙、khian[2]石頭，全然m̄知伊看著會m̄甘袂？大漢了後，阮離開故鄉，離開伊的身軀邊，親像sit股尾焦矣的鳥隻，展開sit股piànn-lé-lōng[3]，1 sut-á都無留戀。伊恬恬仔thìng

候，看破來來去去的繁華，等無天邊海角的浪鳥轉來。

異鄉的阮，離伊ná來ná遠，辜負伊暝日望君早歸。等待kah老去，老kah袂堪得現代交通工具的hiong-kông，老kah愛限定速度佮重量，老kah giōng-beh hông拆食落腹。佳哉，遊子終其尾轉來矣，咱總算uảt頭看著伊的存在，看著伊佇咱性命中的意義。

根據記載，西螺大橋長1.93公里，過去是台灣縱貫線南北二路重要的關卡。日本時代籌備起造，因為拄著第二擺世界大戰，工程無接紲。戰後，西螺大橋受美國鬥相共，順利佇1952年起好。斯當時，kan-nā輸予排世界頭崁的美國舊金山金門大橋。隔轉年，通車典禮，鬧熱kah袂輸咧大拜拜。1963佮1968年發行的新台票10箍銀銀票，頂懸閣印西螺大橋，彼陣知影thang好收藏的人定著足有眼光。

西螺大橋曾經是東亞上長的橋，m̄-nā有遠東第一長虹的婿名，嘛是台灣重要關口，有交通佮戰備的地位。橋喙的碉堡，暝日攏有阿兵哥咧看守。《西螺大橋的流金歲月》是第一本紹介西螺大橋歷史的冊，內面有真濟珍貴的siòng片，規個大橋攏是機密，一直到47年後大橋退休，閣愛面對hông拆掉的運命，咱tsiah有緣看著遮的siòng片。

西螺大橋是西螺的地標佮歷史，西螺人的驕傲佮精神象徵，嘛是阮徛起的所在。凡勢伊已經無任何交通佮戰備價值，m̄-koh，伊有西螺人囡仔時的記持、成長的跤跡，

佇西螺人心內有上媠的記持。彼是中沙大橋、浮洲大橋無法度相比 phīng 佮代替的。萬人簽名連署，是阮團結的開始，逐家同心協力，做伙挽救伊 hőng 拆掉的運命。

西螺大橋華麗轉身，成功轉型做觀光大橋，tsiânn-tsò 雲林佮彰化 2 縣的歷史建築。Tsit-má，阮會當佇橋頂散步、吹風，看橋跤四季無仝的景緻。熱人西瓜大出，濟濟外地人嘛專工來食西瓜、欣賞西瓜園的美景。大橋邊的河濱公園，嘛是逐家運動、休閒的好所在。咱會當感受生活佇咱台灣歷史內底。Kā 咱的囝仔講大橋的故事，親像早期台糖的 5 分仔車佮汽車佇橋頂做伙行，彼就是阮 uì 阿母遐知 bat 的口述歷史。西螺大橋 bat 有鐵枝路佮公路共構？無錯規欉好好，可惜 1979 年鐵枝路的軌道 hőng 拆掉去矣。

2003 年清明拄好拄著西螺大橋通車 50 週年文化節，阮招阿母做伙去鬥鬧熱，佇橋頂散步、坐落來 lim 咖啡、看藝術表演，感覺真趣味。

目 1 下 nih 20 冬閣過去矣，2023 年 70 週年紀念，無論經過偌久，離開故鄉的阮轉來，就親像紅嬰仔予阿母攬抱，hiah-nī-á 安心、燒烙。行佇故鄉的土地，有 1 種跤踏實地的感覺，無論是 lim 咖啡，ah 是食車輪仔餅、看藝術表演，kán-ná 無 hiah 重要矣，重要的是咱佇遮，kám m̄ 是？

2003 年寫　2023 年改寫

1 tsàm:蹔,踹、跺,用力踢或踏。
2 khian:掔,投擲、扔。
3 piànn-lé-lōng:走來走去,急速離開。

消失的新草嶺潭

　　九二一大地動,是全台灣人的1場惡夢。彼年1999年,我家己1个人蹛佇竹東,9月21日彼1工我誠暗眠,眠kah半暝仔,hiông-hiông地牛翻身,天地tsùn kah giōng-beh píng去,我予幌精神了後,目睭金金倒佇眠床頂,聽著1樓灶跤khi-khi-khok-khok,看房間頭殼頂彼葩電火球仔幌來幌去kán-ná giōng-beh摔落來。斯當時阮嘛m̄知愛走ah莫走?半暝三更我閣會當走去佗位?「搖kah hiah-nī大力,m̄是咧滾耍笑。」我心內起煩惱,m̄知厝內大細kám有要緊?

　　Tann,震央m̄知佇佗?Kám有造成啥物災情?我peh起來,攑手電仔厝內滿四界lau-lau咧,好佳哉無啥物損失。我聽著外口1台1台車發動,hiong-hiong-kông-kông駛離開社區,空氣中充滿不安。阮想beh趕緊佮厝裡的人聯絡,發現電話、手機仔通訊全無去,心內起驚惶。

「若真正有1工,天lap落來、地pit-pit開,咱beh走去佗位覕?」

九二一大地動造成台灣誠大的災害,1暝之間厝倒去、大樓嚴重歪tshuah,真濟人寶貴的性命無去,南投是上嚴重的災區,阮故鄉雲林佇南投的隔壁,嘛受重傷,尤其是草嶺山區大崩山,造成2个部落完全消失,20外人hőng活埋。嚴重走山的結果,塗石斬斷溪水,tsiânn-tsò 1个面積180公頃、水深50米的「新草嶺潭」。出入的路面tsùn kah碎糊糊,連草嶺大飯店嘛損害嚴重,甚至有1部份建築倒去。

草嶺舊名號做番坪仔坑,四箍輾轉攏是山,是1个典型的碗公地形,海拔uì 450米到1千750米。我閣會記得第一擺去草嶺,是佇我國校仔的時,過年歇睏,阮坐庀姑丈平常載菜的貨車後斗,沿路幌去草嶺,彼陣山路猶未khōng點仔膠,雖然車幌kah阮尻川giōng-beh pit爿,1大陣囡仔沿路uân-nā耍uân-nā唱歌,猶原感覺真心適。

草嶺的地勢懸懸低低、彎彎uat-uat,形成足特殊的景觀,有真出名的美景:蓬萊水tshiàng、斷崖春秋、kiā壁雄風、同心水tshiàng、斷魂谷、田蛤仔石、奇妙洞、水濂洞……。阮國中畢業tsìn前的公民訓練,就是去草嶺kiā壁這个石崁,真正是關公崁,去遐練膽、練體力、學習團

結合作有夠適合。阮嘛bat 1个人騎家己拄食頭路趁錢買的oo-tóo-bái，去斷崖春秋體會歲月的滄桑佮悲涼。戀愛的時，招男朋友做伙去探訪會使佮美國大峽谷比phīng的斷魂谷，做伙散步去同心水tshiàng ǹg望看會仝心袂，去水濂洞……看大自然的傑作。買車了後，阮嘛bat招阿母去華山、樟湖、草嶺風景區迌迌，彼陣車路已經不止仔大條矣。

　　2004年5月初，阮翁仔某招阿母鬥陣來去草嶺行行咧，這是阮佇大地動了，頭1擺去草嶺，想beh tshiâu揣阮青春的跤跡，看陪伴我成長的草嶺變啥物形。阮uì斗六經過桶頭，佇桶頭吊橋，阮看著bué-iȧh-á復育的khang-khuè咧進行，嘛看著真濟在地人佇清水溪泅水，細漢囡仔佇水邊、石頭邊裼腹裼耍水，人佇大自然中親像1幅美麗的圖，充滿和諧佮歡樂。濁水溪的水源頭之1清水溪，溪水親像伊的名hiah-nī-á清氣，我想著唐朝詩人杜甫的詩句「在山泉水清，出山泉水濁」，正港1 sut-á都無m̄著。

　　阮來到草嶺大走山「觀震台」tsiam眺[1]世界級大走山奇景，九二一天地tshia-puȧh-píng，短短15秒，將山裡的人家厝幌去6公里遠的所在，飛去雲林古坑佮嘉義梅仔坑的交界，有人講笑kā號做làng-káng[2]山。這項驚人的走山記錄，予原來的斷崖春秋佮斷魂谷烏iú去，in往過因為崩山來產生，tann嘛因為崩山來無去，m̄閣in猶原封存

佇我的記持中。

　　百外年來草嶺有4、5擺大規模崩山的歷史，逐擺攏創造出全世界有名的特殊景觀，大地動造成的新草嶺潭，是台灣上大的天然湖。當逐家攏咧討論「新草嶺潭」的存廢，講kah熱phut-phut的時，天公伯仔早就有伊的計畫。水利處評估新潭差不多有10外冬的歲壽，縣政府決定發展觀光，嘛lok真濟錢落去。

　　人千算萬算m̄值得天1劃，新草嶺潭因為尾仔「桃芝」、「納莉」風颱，嚴重坱tshuah流，湖的面積愈來愈細，水ná來ná淺。阮徛佇3號碼頭，聽生態解說員用真端的的台語講潭水的變化，伊講著潭水uì 50外米深到tann賰5、6米的深度，伊手比遠遠的山腰，kā阮講遐是過去坐船遊湖tsiūnn船的1號碼頭。伊笑笑仔講出伊的感慨：「新潭是天公伯仔起造的，無幾年天公伯仔就beh收轉去矣。」伊的話充滿哲理，我相信對這點伊有深深的體會。根據專家表示，潭水真有可能佇今年中秋就焦了了。

　　比日月潭大2倍的新草嶺潭，短短無5年就beh消失去矣，青lìng-lìng的湖，像翡翠玉的色水，樹枝坦khi、坦橫佇giōng-beh消失去的湖區，白翎鷥飛過闊闊的浮洲，有1種破khih的媠。本底予新潭淹1半khah加的關公崁，tsit-má石gám閣全部看現現矣，看來天公伯仔真愛佮人滾

要笑。

　　生態解說員講煞，招呼逐家去阿婆仔的tànn-á位小坐1下，日頭赤iānn-iānn，來1杯酸酸、甜甜、冰冰、涼涼的ò-giô³是天大地大的享受。有人交關阿婆仔家己sīnn的梅仔，beh紮轉去做等路。苦茶油、香菇、山粉圓，攏是草嶺的名產。阿婆仔雖然有歲矣，跤手猶原真猛掠，精神嘛真好，問伊平常生理好bòo？伊笑笑仔講：「平常時仔無人客來，拜六、禮拜tsiah有來做生理，pīng逐家的福氣，生理閣袂bái。」阿婆笑微微的面模仔，樂暢的生活態度，真予人感動，m̄-koh，伊滿面的皺痕，恬恬講出歲月的滄桑。

　　草嶺風景區的觀光業bat誠tshia-iānn，大地動、風災了後，人沓沓仔袂記得伊昔日的風華，消失的人潮，拄好予草嶺1个歇喘的機會，予伊恢復自然。四界濟濟各種的鳥仔tsiuh-tsiuh叫、bué-iȧh-á、膨鼠、暗光鳥甚至是蛇，kā草嶺妝kah嬌噹噹，鬧熱滾滾。轉去的路裡，阮看著2隻bā-hiȯh自由自在佇天頂，展開sit股，飛出優雅的姿勢。路邊的油桐花開kah、嬌kah，m̄知啥人佇青色的地毯頂頭，披1iân白siak-siak的雪。

　　逐擺親近大自然，造化的力量攏予我深深感動。華語有1句話講「人定勝天」，彼種人beh佮天輸贏的心態，人類唯我獨尊的tshàng-tshiu看現現，對造物者佮大自然無

尊重，反應出人的無知、khong-khám[4]佮淺跤，不如台語彼句俗語講「人gâu，天做對頭」，有khah深的反省。人kám有需要假gâu向天挑戰？甚至認為家己比天khah gâu？我愛peh山，逐擺我徛佇山頂，我感受的m̄是征服彼粒山佫了不起，是peh山的過程，用堅強的意志拍贏家己的軟tsiánn，克服人攏siàu想beh安逸的爛性，我感覺彼種情操真值得咱呵咾。徛佇山頂，我感覺人hiah-nī-á渺小、性命hiah-nī-á有限，佮久長曠闊的宇宙相比，人是hiah卑微[5]。

啥物時陣咱人類願意謙卑面對家己，面對人世間的種種，願意尊重任何性命親像家己的性命，了解佛家講的眾生平等，佮萬物和諧鬥陣，人間會變做仙境，變新天堂樂園。

2004 年寫

1　tsiam 眺：瞻眺，眺望。
2　làng-káng：閬港，潛逃、開溜。
3　ò-giô：愛玉。
4　khong-khám：悾歁，狂妄、愚蠢、膽大妄為。
5　卑微：pi-bî。

藍色紅頭嶼

　　台灣行踏系列活動，其中1个足siânn人，來去紅頭嶼巡禮，用雙跤環島、認bat紅頭嶼。彼是我久年恬恬囥佇心內的n̂g望。

　　幾冬前去紅頭嶼迌迌，轉來了後，一直siàu念紅頭嶼的嫷。

　　Khóng藍色的太平洋、日頭、山崙、大小天池……，攏蹛入來阮心內。想beh揣時間閣去，suah因為路頭遙遠，加上無閒，tsuán 1冬過1冬。後來拄著疫病創治人，攏覕tiàm厝，m̄敢走遠路。這kái步lián[1]暨紅頭嶼，太平洋咧kā阮iàt手、呼喚，予阮心肝頭起ngiau。若m̄是khang-khuè無法度走閃，阮定著佮人做伙去。

　　頂擺去紅頭嶼，阮佮大部份的遊客仝款，佇遐租oo-tóo-bái，四界拋拋走。1大陣oo-tóo-bái騎過，tshò人耳的ián-jín聲佮空氣汙染，摻遊客嘻嘻嘩嘩的聲，予原本安

寧、恬靜的天地，完全變款。過去，自在佇路裡散步的羊仔，著生驚走去山崙仔kiā頂覕；平常倒佇路裡onn-onn睏的大細隻豬仔，tann m̄-nā危險閣睏袂落眠。在地人本底目睭、耳仔，聽著、看著，攏是大自然的聲嗽。慣勢生活佇自然的人，予旅遊旺季窒倒街[2]的遊客按呢吵，kám tsih-tsài會牢？阮若暝日予人按呢吵，恐驚會腦神經衰弱。

想beh去紅頭嶼，佇無啥遊客的時陣。1个人坐tiàm邊仔的涼亭仔，看天、看海，看海天相接紲，恬恬聽海湧拍岸。據在太平洋的風，不時siàn過阮的面，長lò-lò的頭鬃綴伊iānn-iānn飛。予平常siunn嚴肅、紡siunn ân的頭殼，小歇1下，就算kan-nā gōng神、gōng神，佇遐坐規晡，嘛是誠難得的清幽。

猶會記得野銀部落傳統厝外口，有大粒石頭仔tshāi佇草仔邊，徛懸懸、小可仔khi-khi的石頭，磨平平彼片面向大海。原來彼是beh予尻脊骿phīng咧的石椅，誠巧的設計，阮好玄去坐看覓，有影不止仔sù-sī，符合人體工學，予你坐久嘛袂腰痠背疼。阮坐佇遐，神神，看海、聽海，m̄甘離開。彼个位，坐過1代閣1代的Tao，想像in佇遐生活，面對的挑戰佮艱難。

Tao族語是「人」的意思。島嶼本底的名意思是「人的島」。在地的蝴蝶蘭國際出名，tsuán改名「蘭嶼」。

Ah若台語「紅頭嶼」的稱呼，檢采是熱人黃昏uì台東看過去，tshāi佇海面彼粒有紅色人頭的島嶼。若坐船遠遠就會當看著，佇開元港看閣較明，彼粒側面的人頭，lióh-á khiû-khiû的頭毛、飽滇的額頭、下頦厚厚、鼻仔tók-tók、目睭深深，袂輸1个印地安人。

島上唯一的原住民，熱愛大海的Tao，目睭不管擘金、瞌咧攏會當感受海的存在，in是上bat海洋脾氣的海人，靠海、食海，予海攬抱，生活佇海裡，tsiânn-tsò 1隻隻飛烏、1尾1尾人魚。海是in的靈魂，當然按怎看嘛看袂siān。坐佇厝外，phīng咧石椅，恬恬看天、看海的形影，是浪漫的畫面佮想像。

Tao的生活佮傳統文化，佮飛烏文化剝袂離。逐冬春夏季節，出名的飛烏季，出海掠飛烏，遐是飛烏的故鄉。幾若百冬的生活歷練，智慧的結晶，Tao發展出人佮自然密切、和諧共存的永續關係。濟濟傳統的禁忌，tsiânn-tsò環境資源永續的實踐。

阮蹛的民宿佇野銀部落，遐有傳統聚落空間，嘛有現代紅毛塗厝。民宿頭家是1个Tao少年，bat去台東讀冊，尾仔轉來部落。伊tshuā阮去參觀in兜，in阿爸、阿母蹛的傳統厝，老大人足熱心kā阮紹介，厝內的空間佮家私hām日常生活。

寒人的東北季風佮熱人的風颱siunn tshàng-tshiu，予in起造出彼種比塗跤低1、2米，排水好、冬天燒烙，熱天涼的塗跤厝，無用kah半支鐵釘仔，足有特色。傳統厝的建築，是在地工藝佮文化的展現。Tao強調共同勞動，木材uì家族的林場鋸好、搬落山、運轉來，石頭uì海邊1粒1粒搬轉來，誠無簡單。起造1間傳統厝，無10冬上無嘛愛5冬。

Tann，真濟老大人猶原慣勢踮傳統厝。彼是in對祖先留落來傳統文化的堅持。部落2爿佮後壁種芋仔、番薯、tai-á-bí[3]、淮山。若少年人就khah佮意現代紅毛塗厝。現代文明當咧衝擊Tao族的傳統文化佮價值觀。1970年觀光客登島到tann，已經造成足大的環境汙染佮生態破壞。

東清灣海邊7、8隻拼板船規排tshāi佇遐，黃昏的光tshiō佇2爿翹懸懸、底漆紅白相lām的船，有1種足媠的特殊風情。過去Tao逐口灶上無攏有1隻按呢的木船，機動船引進以後，沓沓仔就無人kò木船出海掠飛烏矣。較早合力造船工藝佮掠魚共同分享的精神，全無去矣。Tsit-má，船tshāi佇遐看媠，予遊客翕siòng，付5、6百箍就有機會坐木船出海迌迌。

在地的作家Syaman Rapongan[4]真感慨，講規个島嶼kan-nā賰伊佮1个77歲的朋友用木船咧掠飛烏niâ。

伊tshuā後生做伙出海，佇暗暝四界烏mà-mà的大海，船pue插入海裡，聲波是hiah-nī響亮，hiah-nī有性命力，1聲閣1聲。Uì古早海洋的聲波，伊感受著濟濟去予現代性放揀的心適。準講海湧是五線譜，飛烏跳出水面的彎弓線，就是這對爸仔囝聯手彈奏心適興的樂章。

大天池入口對面，是無人看守的糞埽場，糞埽濟kah像山hiah懸，有烏色的車輪仔山、咖啡色的bì-lù矸仔山，烏魯木齊。塗跤懸懸低低，逐步攏愛注神行。步道袂堪得大自然sńg-tńg，跤行出來的小路khah實在。有的所在愛giú索仔，佇樹林nǹg來nǹg去，袂輸猴山仔khàng起lih、跳落來。

紅頭嶼是火山島，大天池是火山口經過雨水沖積的高山湖，到tann猶看會著焦柴tshāi佇水面的原始景觀，1个特別的忘憂森林。Tao喙裡的大天池「DuWaWa」是懸山的海，是祖靈棲息的禁地，阮嘛有peh起lih探訪。北爿倚燈塔的小天池，路草無明顯，頂面的湖水，早就焦了了矣。

佇中橫公路，遠眺野銀部落，佮彎彎uat-uat的海岸，各種深淺色水的藍，佇目瞤渷開。沿路山坪，白色的百合花，開kah嬌噹噹。氣象觀測站佇上懸遐，無空汙、無光害，暝時看滿天的星光iānn-iānn，天光看日頭uì海裡跳出來，攏是難得的幸福。

東清灣是現代人痟跨年看日出，迎接 bâ-bū-kng 的好所在。情人洞是天然蠔鏡窗，海湧久年侵蝕形成彎弓門，嘛是足 hang tǹg 卡、翕 siòng 景點。祕境藏佇蠔鏡窗裡，礁岩佮洞穴減輕海湧 tshiâng-kuah 的力頭，m̄-koh，礁岩猶原利劍劍。

　　朗島祕境是天然的海蝕溝，日頭光佇深淺無仝的海，幻化出各種色水的藍，天邊幾蕊雲 ang 陪伴，光影變化萬千。印象派的畫家 thìng 好佇遮寫生規工 tah-tah，凡勢會生出 1 幅 1 幅絕世嫷圖，可惜我 m̄ 是畫家。

　　東北角的雙獅岩，是海底火山活動佮久年的海蝕、風化，形成的景觀。看起來親像 2 隻獅仔覆佇遐相對 siòng。外海的軍艦岩，1 粒無人的小島，聽講生做 siunn 過頭 sîng 軍艦，二次世界大戰的時，bat 予美軍轟炸。遐海底生態豐富，是浮水沫欣賞草丑仔魚的好所在。

　　民宿主人阿強，tshuā 阮去海水、淡水交會的野銀冷泉耍水、浮泅，幼幼的白沙仔，水質清清清，各種色水的魚仔看現現，雖然生張無仝，全款自在泅來泅去，嫷 kah，海底是另外 1 个世界。遠遠海平面，佮天相 kap，親像 1 沿 1 沿 thah 起 lih 無仝的 khóng 藍。綴大海的韻律喘 khuì，佇海裡的阿強像魚仔 hiah-nī 自在快樂。伊招阮去跳港，阮 tùn-tenn 佇港墘，伊來來回回跳幾若擺予阮看，佇水裡

tann頭hiu，鼓勵阮勇敢跳落去。

　　青青草原本底是硞硞石坪[5]，塗肉肥，tsuán生出1大phiàn的草仔埔，是欣賞日頭落海的好所在。海面的老人岩，親像1對相依相倚、予人欣羨的老翁婆。

　　無青紅燈的紅頭嶼，阮愛伊的自然、樸實，唯一的環島公路，kā島上6个部落連起來，滿四界攏有無敵海景。椰油國小的運動埕，有ná海湧的低牆仔，看出去就是海，司令台親像拼板船，古錐閣充滿Tao風格，是全島上媠的校園，嘛是IG tìng卡的景點。

　　紅頭嶼媠kah無話講的海景滿滿是，親像玉女岩、雞母岩tō足適合沉水沫。夜探海坪，欣賞海洋景觀，攏因為伊有上清氣的海佮豐富的海洋資源。自然美景佮Tao特殊的文化，吸引濟濟遊客，ná有家己的特色，ná siânn人。

　　觀光佮大自然的平衡，一直咧at手霸，全世界攏有這lō問題，紅頭嶼的問題閣khah複雜，牽涉著傳統文化的流失。

　　過去Tao永續經營的精神，保留當地的歷史文化佮自然生態。後疫情時代，濟濟觀光客登島遊覽，少年人嘛洄泅轉來，投入旅遊產業。藏水沫、peh山佮夜間導覽，種種自然生態耍法，對環境的衝擊，嚴重的程度超過想像。在地耆老足感慨，1寡轉來開店的少年ná渡鳥，東北季風若開始透，m̄是出國度假，就是覢去蹛台灣島。

Kám是少年家對家己的土地、歷史、人文感情無夠深？認同無夠？無理解Tao佮自然和諧共生的智慧，欠缺對Tao佮對土地的疼心？Tann，是部落無全世代進行深度對話的時陣矣。

　　Syaman Rapongan得獎感言控訴，現代科技入侵島嶼、奪取資源，kám m̄是1種野蠻？伊希望叫醒迷失佇金錢佮現代化生活利便的族人，甚至是放棄對抗核能廢料的族人，ǹg望kā族群的尊嚴揣轉來。阮uì紅頭嶼看著台灣濟濟tîng-tîng-thảh-thảh的問題。

　　文化磕捔[6]的傷痕佮記持，需要反省佮思考。國民政府khah早佇紅頭嶼成立農場，kā phīng在地人khah濟的老芋仔佮重刑犯送送去，暗時有人偷偷仔suan去部落，kā人搶物件，申訴嘛無人tshap，1990年壓霸農場總算裁撤。1980年代，政府kā核廢料囥遐，kám有問過Tao的意見？Kám有經過in的同意？按呢壓迫人、欺負人，予阮感覺誠見笑。

　　現代文明進步的台灣，kám有予Tao較好的生活品質？Kám有予in 1條安全利便轉去的路？去紅頭嶼的飛行機，逐工kan-nā有12到16航班，常在客滿訂無位。19人座，細細隻的飛行機，袂輸掛mòo-tà的田嬰，佇天頂tsìnn風[7]，雲霧綴冷風吹入來，跤底的大海uì空縫看現現，

坐kah阮心驚膽嚇。彼kám m̄是在地人基本的交通需求？咱的政府kám有要意？Kám有重視？

佇民主國家，誠濟代誌，多數人的主張準算。M̄-koh，咱kám有真正尊重tsió數的權益？Kám有符合公平、正義的原則？咱的語言、文化、教育、性別的平權，認真想起來，閣有真長的路愛行。

2023年寫

1　步lián：步輦，徒步、步行。
2　窒倒街：that-tó-ke，到處都有、充斥四處。貨物多到把整條街塞得滿滿的，用來比喻東西非常多。
3　tai-á-bí：稌仔米，小米。穀類。
4　Syaman Rapongan：夏曼藍波安。
5　硓𥑮石坪：lóo-kóo-tsio̍h-pênn，珊瑚礁坪。
6　磕挵：kha̍p-lòng，碰撞。
7　tsìnn風：摒風，逆風。

Tshia-pua̍h-píng

　　現代世界kán-ná 1个地球村,透過網路、媒體,咱會當知影大細項代誌。若需要親身出馬,飛行機坐咧,免幾點鐘久隨到位矣。交通利便、交流頻繁,kán-ná誠讚,m̄-koh,若某乜人¹ah是某1个所在發生代誌,像金融風暴ah是傳染病,咱嘛袂使放外外。

　　若問咱過去彼2、3冬按怎過的?答案逐家攏知知咧,歹過、艱苦過、險險仔袂得過,有人不幸失去性命,tsiâu去予COVID-19致蔭的。親像歷史上的瘟疫,武漢肺炎uì中國湠kah全世界去,連美國、歐洲嘛suan袂過。頭1冬,媒體逐工咧報導:某乜國家有幾千人、幾萬人去uè著,確診佮死亡的數目逐工咧tshìng懸,正港足驚人。美國各地大細間病院giōng-beh tsih-tsài袂牢,患者插插插,重症確診者窒倒街,就算有鬥呼吸器,喘khuì猶原足食力的,醫護人員無暝無日咧照顧病人,無閒tshì-tshì,食m̄-

tsiânn 食、睏 m̄-tsiânn 睏，予人看 kah 足 m̄ 甘。閣 khah 予人艱苦的是看著 1 个 1 个規身軀包 kah 密 tsiuh-tsiuh 的工作人員，kā 不幸往生的人，相紲扛去埋佇 1 條閣 1 條看無盡磅的坑溝。咱佇疫情 khah 平靜的台灣，阮全款看 kah 心驚膽嚇[2]。

M̄-koh，對阮身軀邊遐的 10 thóng 歲的囡仔來講，世界的確診數，拄開始 kan-nā 換 1 聲 hánn 足恐怖的。檢采囡仔人本底 khah 樂暢，下課全款耍 kah、暢 kah m̄ 知人。彼陣，逐工掛喙罨、骨力洗手、記錄 2 擺體溫是阮的日常，若有學生體溫 siunn 懸、身體無爽快，攏愛叫 in 緊轉去厝歇睏。學生仔食晝愛用隔枋閘咧，囡仔嫌費氣費 tak，常在無要無緊。第一線的導師，擔頭的壓力有夠大，皮無 penn khah ân 咧，病毒若湠開就害了了矣。

2021 年 5 月，咱台灣嘛搪著 COVID-19 病毒湠開的危機。為著預防社區感染，所有的學生囡仔改佇線頂上課，囡仔人頭 1 táu 正港感受著去予 COVID-19 包圍的滋味，無常的跤步無張無持，行倚咱身軀邊矣！

頭起先佇線頂佮老師、同學見面，猶囡仔性的國中生，閣感覺誠趣味。手機仔保持連線，ah 是電腦開幾若个視窗，佇資訊海 bóng 踅 bóng 看，耍 kah 無閒 tshì-tshì。大人為著生活，喙罨掛咧 tsiàu 常去上班趁錢。1 陣猴齊天，隨人

佇家己的厝裡咧變猴弄。老師問問題回答袂出來，tshìn-tshái送1个貼圖ah是iȧt手，死豬m̄驚滾水燙，袂giàn tshap你，規氣tìnn-tshinn³叫m̄出聲回應，尾仔tsiah烏白tsuànn⁴講mài-khù⁵臨時臨iāu歹去。就算課上kah 1半，去開冰箱，食冰的、lim涼的，ah是腹肚枵kah ná聽課ná食泡麵，食kah窣窣叫、芳kòng-kòng、kòng-kòng芳嘛siânn袂著老師、同學。

學生囡仔早時仔愈睏愈uànn，生活無正常，精神起來嘛siān-tauh-tauh、軟kauh-kauh，無偌久就閣sô轉去眠床睏矣。若去予老師叫著，值班的好朋友緊hiàm伊回魂huah聲，激皮皮tshìn-tshái揣藉口，hàm-kuā-kuā⁶的理由tsió-khueh⁷，定定嘛拄好腹肚疼走便所，齣頭有夠濟。In知影鏡頭佮mài-khù若關予好勢，就袂洩漏天機。

齣頭變久嘛會siān，新鮮感消失，變無báng，賰關佇lông-á內的孤單佮無聊。開始siàu念佇學校的日子，khok-khok問講當時會當轉去上課 。想beh實際佮囡仔伴做伙開講、滾耍笑，想beh佇運動埕佮好朋友拍球、走相jiok，就算坐tiàm教室予老師罵，嘛khah贏佇厝無聊kah掠蝨母相咬。

這幾年tsió囝化的情形真嚴重，厝裡大部份是孤囝、孤查某囝，單親的家庭嘛袂tsió，賰家己1个人佇厝，寂寞

稀微，鬱卒死無人。Lông-á內的鳥隻，ǹg望有開闊的所在thìng好自由飛。

　　全世界因為COVID-19咧tshia-puȧh-píng，生活受著誠大的影響。病毒好親像魔神仔化身，一直咧變形，快速生湠。世界各國陸續研發出各種疫苗。M̄-koh，預防射注2劑了後，仝款有人uè著，醫學界講是突破性感染。就算按呢，各國政府嘛是認真推揀注疫苗，希望增加保護力。2劑、3劑，1段時間tō閣注1劑，短時間看袂出來身體有啥kò樣，m̄-koh，誠濟人心內對一直注疫苗是giâu疑不安的。佇翕熱的亞熱帶，喙罨雖然艱苦掛，咱嘛是掛kah足好勢，m̄是驚hông罰錢，是驚病毒變鬼變怪揣著khang-phāng。

　　咱到底愛掛喙罨掛kah啥物時陣？相信真濟人佇心肝內攏有疑問，總是佇佮人tsih-tsiap的時，無喙罨保護心驚驚。病毒的威脅，到底當時會消失？世間人予COVID-19舞kah袂輸阿婆仔pha-tshia-lin[8]，阮無法度去想像：彼2冬咱若生活佇美國佮歐洲ah是日本，日子beh按怎過？佳哉，咱台灣的疫情算khah穩定。雖然tshím頭仔，咱嘛bat經過喙罨佮酒精無夠的階段，m̄-koh，咱誠緊克服防疫物資欠缺的問題，免排隊排kah長lò-lò。跤步徛在了後，咱閣有才調thang送喙罨去外國kâng鬥跤手。為著

替歐美國家解決有錢suah買無喙罨，咱替in tàu ki-hâi、tshuân材料。咱用真心、盡全力kā世界上當咧受苦的人鬥相共，m̄是beh展風神，嘛m̄是想beh得著啥好處，全然是對人的疼心。M̄甘目瞤金金看人予病毒攻擊、受死亡的威脅；m̄甘看人艱苦、看人失去寶貴的性命，咱咧盡咱地球公民的責任。

「Taiwan can help！」、「Taiwan is helping！」佇電視看著布條頂面的英語，咱感覺誠光榮，心肝內嘛有做1个台灣人的驕傲。有影是幫助人上快樂，咱展現出咱的價值佮自信。長期以來，咱台灣想beh佇世界佮人徛起、佮人交陪做朋友、建立邦交，suah因為中國的關係，拄著tîng-tîng-tha̍h-tha̍h的困難。這擺，因為咱無私的付出，全世界攏看著台灣，知影咱是值得信任的好朋友。

咱beh買疫苗買無的時，歐洲的Lia̍t-tiū-bâ[9]、Tsia̍p-khik[10]攏beh送疫苗予咱，就算中國tshiàng聲阻擋，in嘛堅心beh幫助咱。日本閣khah免講，代先送AZ過來，閣一直kā咱佇311的捐款佮救援行動記牢牢，有機會就講beh報答咱的恩情。拄著困難的時，逐家互相鬥跤手，是世間上媠的風景。

本底2020年beh舉辦的東京奧運，因為COVID-19來延期。各國選手全款愛冒著感染的風險，坐飛行機去日

本參加比賽。前後愛隔離幾若工，對選手的精神佮體力來講，攏是1个kài大的折磨佮考驗。咱台灣suah得著有史以來上好的成績，金牌、銀牌、銅牌攏tsiâu有。

面對體育界，世界一粒一的gâu人，咱的選手無啥驚。尤其是19歲的少年林昀儒，kioh-siàu足好。佮phín-phóng[11]球王、前球王對削，展出來的氣魄，予全世界的人，目睭攏金起來。伊若繼續拍拚，tsiânn-tsò世界第一是早慢的代誌。Ah若羽毛球球后戴資穎，逐場比賽攏誠精彩，雖然無提著冠軍，m̄-koh，伊的運動精神佮態度，得著濟濟phok-á聲，顛倒彼个提著金牌的對手贏kah足無光彩！

閣有孤星莊智淵，伊佇比賽場的形影「1个人的武林」不止仔予人感動，堅持1世人的趣味、價值hām傳承，是hiah-nī-á無簡單。看著郭婞淳kā重khok-khok的石碾輕輕鬆鬆夯起來，無像其他的選手面仔phû青筋、咬牙切齒。阮目睭仁展kah大大蕊，因為看著伊的面彼時竟然有bâ-bún-á笑。阮誠好玄，平常時仔是愛按怎訓練，tsiah有法度達到彼款境界？

閣有真濟選手，in的表現攏誠值得呵咾，成功的背後，有濟濟予人感動的故事。東京奧運選手的金言玉語，thìng好寫落來，tsiânn-tsò 咱上好的人生教材。陪伴咱歇熱防疫鬱卒佇厝裡的學生囡仔，kā頭殼頂的烏雲pué走，鼓勵

咱勇敢、樂暢、自信面對各種的困難佮挑戰。

　　人講「危機就是tsuán機」，COVID-19 kā世界舞kah tshia-puah-píng，m̄-koh kā世界舞kah tshia-puah-píng的kám kan-nā COVID-19？地球暖化引起極端氣候、氣溫hām海岸線一直咧tshìng懸、咱suh的空氣hām lim的水汙染kah誠嚴重，濟濟的問題親像1大綰的肉粽綰，kám有khah輸COVID-19？

　　世界各地的科學家kā咱警告講：「地球的溫度若無趕緊降落來，thìng候溫度tshìng kah siunn過頭懸，恐驚時到，咱全世界所有的人，攏活袂落去。」世界氣候變遷會議，m̄知已經開過幾táu矣。巴黎氣候協定各國政府約束beh儉電減碳[12]，到tann猶原看無啥物成績。溫室氣體效應，已經火燒目眉，袂當閣tshiân延矣。

　　各種研究顯示，咱人飼海量的牛、羊、豬、雞來做食物，是地球發燒上主要的原因。畜牧業產生的溫室氣體，超過全世界所有交通工具的排放量，所以上kài有效的辦法就是減食肉，若規氣莫食肉，降溫的效果閣愈明顯。

　　研究進1步指出全人類若攏改食植物性飲食，根本無人會枵腹肚。M̄-koh真可惜，咱人kā糧食提去飼動物tsiah閣來食動物，致使有濟濟的人枵飢失頓。

　　Tann是咱人類面對未來愛做出選擇的關鍵時刻。改變

世界uì咱改變咱家己開始。M̄知你kám願意佮阮做伙來採用植物性飲食？試看覓，你袂損失啥，顛倒予你的身體閣khah康健、精神閣khah飽滇ooh！

2022年寫

1　某乜人：bóo-mí-lâng，某人。表示不知道其姓名或不方便講明的人。
2　心驚膽嚇：sim-kiann-tánn-hiannh，心驚膽顫。
3　tìnn-tshinn：佯生，裝蒜。罵人假糊塗。
4　tsuànn：炸，引申為胡說八道。
5　mài-khù：放送頭，麥克風。源自日語マイク(maiku)。
6　hàm-kuā-kuā：荒唐、荒誕、誇張、離譜。
7　tsió-khueh：少缺，不缺、多得很。多用在反詰口氣。
8　pha-tshia-lin：拋捙輪，翻跟斗。
9　Liȧt-tiū-bâ：立陶宛。
10　Tsiȧp-khik：捷克。
11　phín-phóng：乒乓，桌球。發音借自日語「ピンポン」(pinpon)。
12　儉電減碳：khiām-tiān-kiám-thuànn，節能減碳。

愛的禮物

1

　　2023年4月22，拜六。台北，gâu早，佇大安森林公園散步，平常時仔阮罕得行跤到。這回，阮專工liōng早來，thìng好沓沓仔行、斟酌聽台北的喘khuì聲。公園內面有1寡民眾咧拍太極拳、練氣功，有人牽狗仔咧行跤花，運動兼tháu-pàng平常累積的壓力，予人佮狗小輕鬆1下。嘛有家己1个人，坐tiàm樹仔跤的公園椅仔注神看冊，享受難得的恬靜。恬靜佇繁華的台北城，足稀罕的。市區不時滿四界tsiâu-tsiâu人，tshò人耳的車聲、人聲嘻嘻嘩嘩，kán-ná 1鼎滾水沖沖滾。

　　無愛tshap 101摩天大樓，就算伊懸kah thàng天，人行kah佗攏看會著伊。往過，不管蹛佇信義區吳興街，

愛的禮物　197

ah松山的虎林街，歇睏日阮攏拚uì郊區去。我愛peh山、愛花蕊草木、愛親近大自然，大自然親像有神奇的力量，總是安搭咱的心。Suh 1喙新鮮的空氣，恬恬看微微仔笑的花蕊，聽各種鳥隻唱歌詩。有時合奏，有時獨唱，袂輸是和諧的交響曲。有時幾若个響亮的懸音，kán-ná phùn去十三天外，有時低音、懸音變化多端，鬧熱kah，有時kan-nā 1个giú長的單音，嘛心適kah。欣賞大自然的嬌聲，心情坐清，一切紛擾攏恬靜落來，按呢，咱就閣有勇氣佇虛華的都市拍拚。

　　徙去新北市蹛，就khah罕得來台北行踏。這回，有重要的任務，離集合的時間閣有tsiânn點鐘，阮四箍輾轉踅踅lau-lau咧。行到生態池，看著幾若隻袂認得的鳥仔歇tiàm樹ue，阮siàu想beh kā咱台灣的鳥仔名揣轉來。告示牌頂懸講有足濟款鳥仔佇遮生湠，有我khah熟似的鳥仔，親像長尾山娘仔、花仔和尚、紅尾伯勞仔。M̄-koh，tsiâu覷kah無khuàinn影。幾隻白翎鷥，長lò-lò的鳥仔跤，倚咧水裡，黃黃的喙pe，m̄知lo啥蟲thuā咧食。我的頭殼浮出1排白翎鷥佇嘉南平洋的田園佮溪邊自在咧飛的畫面。M̄知遮的都市鳥仔，佇這1大phiàn公園生湠、討食，日子kám有khah涼勢、khah快活？

2

　　細漢的時，阿母教阮唱：「白翎鷥tshia畚箕，tshia kah溝仔垾，跋1倒，抾著1 sián錢。」唸謠趣味kah，到tann，阮猶原記kah足明。白翎鷥展開sit股飛，曾經是咱台灣庄跤嬌kah無比止的記持。後來咱的土地、自然環境，予農藥佮工業汙染、毒害，塗跤揣無蟲好食，溪裡魚仔、蝦仔嘛攏死死去，puh泡、濁濁、烏烏、臭mi-moo，棲地改變佮破壞，白翎鷥當然buái閣來矣。連白翎鷥都無--去的土地，kám猶閣是咱穩心仔蹛的樂園？

　　佳哉，社會大眾的環保意識ná來ná懸，政府嘛鼓勵發展有機農業，開始注重生態保育，親像石虎、紫斑蝶、Sa-khuh-lah-má-suh[1]、火金蛄復育，攏有好的成果。逐家沓沓仔知影環境永續hām防止野生動物滅絕的重要性。

　　你kám知kan-nā 20世紀就有500外種陸地動物滅絕？Kám知現此時有幾若萬的物種kiōng-kiōng-beh無去？世界野生動物基金會進行生物多樣性研究指出：「地球有6成的野生生物，佇50冬內無--去，若按呢繼續落去，濟濟物種的生存攏會受威脅，包括咱人類。」遐的生物消失kah tsiah驚人，這個趨勢對咱逐家攏是危機。因為咱活佇

1个逐款物種相黏蒂帶[2]、互相依存牽挽的世界,每1个性命的處境,m̄管性質按怎,攏佮其他的性命密切關連。

Ná來ná濟的研究佮證據顯示:增加動物肉類生產佮消費是失去生物多樣性的主要原因。Tsit-má,地球倚4成的地皮,已經hőng轉做畜牧活動,快速毀滅自然生態系統佮生物棲地。人類用大型的ki-hâi,無惜一切代價剝削、開發,大台怪手khat落去,規phiàn樹林、山崙仔thǹg kah光liù-liù,所有的生態tsiâu破壞了了。

雨小可落咧,脆弱、敏感的塗,隨予水kuah去,土壤tsuán流失。搪著風颱落大雨,全部予大水tshiâng去,造成塗tshuah流、崩山,人的性命、財產目1 nih綴咧烏iú去。造成的災難kám會當攏揀予天災、人無代?

人類為著食,飼大量的動物,付出的代價窒倒街。水佮能源先莫講,恁kám知1塊牛肉口味的hām-bah-kap[3],上無愛損失3塊tha-thá-mih[4]大的熱帶雨林?大量的科學研究證明:畜牧業是tshò森林、土壤退化、水汙染佮地球暖化的罪魁。

3

　　人類為著滿足食的欲望，逐冬刣死幾若百億的動物，這是現此時咱人所做的代誌，是歷史上空前的大屠殺。按呢講，檢采有人聽著誠刺鑿，感覺gāi-gio̍h，有人凡勢會起毛bái，見笑轉受氣。阮無責備任何人的意思，kan-nā kā事實講出來niā-niā。

　　Bak血的真相，予人1 iân 1 iân包裝kah嬌款、清氣相。M̄-koh，鴨卵密密嘛有khang，酷刑代親像紅目石獅[5] hőng iah-iah開，咱kám beh閣tìnn-tshinn假m̄知？1聲m̄知萬項無代？

　　咱真正無法度想像人類對待動物有偌殘忍？你kám知工業化養殖偌gâu利用空間、偌gâu tiak算盤？

　　6萬隻雞母kheh佇300坪8層密tsiuh-tsiuh袂過風的隔枋監獄內，kheh kah giōng-beh袂喘khuì，互相放屎佇對方的身軀。若碌的袂曉生卵、食了米的雞鵤仔[6]，無經濟效益tsuán hőng當做糞埽扗捔。逐冬，全世界有70億隻雞鵤仔，拄出世就hőng擲去輸送帶活活絞碎。

　　德國作家Karen Duve講：「逐隻活落來的雞母，攏有1隻死去的雞鵤仔陪葬。」聽著實在予人傷悲。牛嘛無好

kah 伊，hőng 關佇狹閣 lah-sap 的環境。用殘忍的手段，予牛母一直有身、生囝，全無帶念母仔囝分離的痛苦，kā 拄出世的牛仔囝掠走，天地為伊所設的牛奶，連 1 喙嘛無伊的額。

霸占牛仔囝 beh 食的牛奶，kā 牛母當做生奶的機器，予 in 受奶腺炎折磨，艱苦過一生。

這是咱人類所做的代誌，換 1 个立場想，咱若是遐的動物，咱 kám 甘願？

4

我細漢時，有 1 擺看著阿姆掠 1 隻雞公，囡仔人 m̄-bat 閣好玄，問伊掠雞 beh 創啥，阿姆講：「立冬補冬！」為著 beh 燖補予厝裡的人食，伊 1 个人 khû 佇埕尾 phòng-phù-á[7] 跤刣雞。驚雞仔飛走去，用索仔 kā 雞跤縛咧，閣 kā 雞 sit 倒拗，紲落 uì 頷頸仔遐開始 tshuah 毛，雞仔著生驚，驚 kah 咯咯叫、直直 lìng、瀉青屎。

我驚 kah 規身軀起雞母皮。看阿姆菜刀攑起來，我目睭 kheh ân-ân 無夠，閣用手蹄仔閘起來，夭壽 ooh──疼，我的頷頸嘛親像予彼支刀仔 liô 著。原本活跳跳的雞

公,血隨tsuānn kah規塗跤,袂輸命案現場,我 m̄ 敢閣看落去。凡勢因為按呢,大漢了後,阮真自然選擇食素食,buái 食動物的肉。

Khah 使講若愛你為著食,親手刣死動物,ah是目睭金金看動物 hōng 刣死,大部份的人攏會躊躇、m̄ 甘,無,規氣莫食準煞。M̄-koh,suah 對工業化養飼、虐待佮屠殺激恬恬,kám 想講規个世界攏按呢生,我 1 个人閣會當按怎,規氣假 m̄ 知,無 beh 去想飯桌仔頂的佳餚 uì 佗來?

台灣議會之父林獻堂先生,佇《環球遊記》寫著伊參訪美國 Chicago 屠宰場的經過,目睭看著、耳仔聽著動物赴死的時,工人用 tshuê-á ná 趕 ná huah,牛 sut-á sut kah tiuh-tiuh 疼,動物全款 tùn-tenn m̄ 肯行,哭聲悲慘、吱吱叫、哀哀吼。有 10 工 tah-tah,林 sènn 講伊 m̄ 敢食 1 喙肉。

現代工業化、大量生產,濟濟的消費者凡勢顧食豬肉,m̄-bat 看過豬行路,刣豬的恐怖閣 khah 免講,全 hōng 掩崁牢咧,聽袂著、看袂著,按呢消費者 tsiah 吞會落去。Bí-thoh-sù[8] 的主唱 Paul McCartney 有 1 句名言:「屠宰場若有玻璃牆,逐个人攏會是素食主義者。」

5

　　幾冬前,新聞有報1个老農夫佮牛的故事,真濟人攏感覺足感心的。有1个老阿公仔,因為有歲矣,無才調閣照顧過去替伊犁田的牛,姑不而將決定kā牛送走。阿公揣著1个予伊的牛安養天年的所在,歡歡喜喜送伊出門,hām嫁查某囝相siâng。牛頷頸結彼lō嬌嬌的大紅綵tsiû-tsiú,佮伊大大蕊的牛目睭誠sù-phuè,古錐kah。伊目屎含咧目墘,行袂開跤,掠阿公金金siòng,足m̄甘的款。彼隻牛ànn頭,親像咧kā阿公說多謝,閣kán-ná咧kā阿公sai-nai。阿公的手佮以早仝款,閣1擺寬寬仔tah佇牛的身軀挲挼,阿公kā牛惜惜咧,講會揣時間去看伊。了後,牛tsiah肯沓沓仔綴人行。佇阿公的心肝內,彼隻牛是伊放袂落心的親人,伊永遠的做稨伴。

　　Khah早農業社會,牛替咱拖車、犁田,佮咱做伙生活。彼个時陣,做稨人攏足疼惜牛。我會記得做囡仔的時,bat坐過阿伯的牛車去柑仔園迌迌,bat牽牛lim水、飼牛食草。嘛bat看過牛使性地、起豹飆,牛起跤lōng,主人綴咧後壁jiok,緊張kah,阮無膨風騙人lah。彼陣囡仔人若無認真讀冊,大人會按呢教示:「無,你大漢是beh扶牛

屎 nih？」彼个樸實的時代已經過去矣，tsit-má少年家若聽著這，掠準阮是咧講báng-kah。阮bat聽過：有序大人約束序細，愛囝孫袂當綴人食牛肉。檢采是khah早厝裡做穡，帶念牛的恩情，m̄-tsiah按呢要求，是講囝孫仔有遵守無，公媽嘛管袂著矣。

6

動物有智力佮情感，人類慣勢準無看著。動物佮咱人感受愛佮痛苦的能力無精差，唯一的差別是動物艱苦無tè講。愈來愈濟人了解這點，所以關心動物、愛動物、替動物發聲的人ná來ná濟。

2021年154隻露西亞藍貓彼類名貴的貓仔，因為非法走私，農委會防疫檢疫局無參無詳kā貓仔處死。動保團體佮濟濟民眾足倒彈，phì-siùnn[9]退的人員頭殼死丁丁、袂變竅。百外條無辜的性命tsuán無--去，予人誠m̄甘。為著利益，為非sám做的kám是人？貓仔kám家己坐船偷走來的？是按怎貓仔食死罪？「烏狗偷食，白狗受罪」閣添1例。農委會pué-huē[10]講：「貓來源不明、無檢疫，疫病的風險siunn懸。」逐家猶原聽袂落去，有人氣kah佇

蔡總統的面冊留字抗議。

「人插花、伊插草。人抱嬰、伊抱狗。人未嫁、伊先走。人坐轎、伊坐畚斗。人睏紅眠床、伊睏屎礐仔口。」彼是日本時代留落來的唸謠，kā阿本仔king-thé[11]，講咱是無全國的。Uì唸謠看著向時現代化的日本人早就kā狗當做寵物、動物伴惜命命。

現代人有影愛貓、愛狗，有的親像疼囝仝款。阮因為機緣，搪著1隻流浪狗。Tshím頭仔，阮hām伊kā話講kah足白的：「日時阮去上班，愛家己乖乖tiàm厝，袂當烏白吠去吵著厝邊。上重要的，愛綴阮食素食。若beh佮阮鬥陣生活，愛遵守約束。」經過1段時間觀察，伊m̄-nā做kah到，閣歡喜甘願。阮嘛tsiàu品tsiàu行，去替伊登記、囥晶片。伊乖kah、古錐kah，不時笑笑咧看阮。Tshuā伊去peh山，伊歡喜kah走代先，看阮無綴著，伊停佇頭前等，等無隨翻頭轉來揣阮，正港巧kah。若聽著阮咧叫，隨tsông來阮的面頭前。素食予伊身體健康、精神飽滇，毛色媠kah，看起來少年kah有賰。歇睏日，阮若beh出去，會當tshuā伊去的所在，m̄-bat kā làu-kau去。伊的目睭tîng-sûn媠kah。貪食，是伊唯一的缺點，伊常在身軀坐thîng-thîng，拜託阮kā物件分伊食。照顧伊的歲月，阮學著足濟功課，予阮知影反省、認錯，教阮

按怎愛佮被愛，予阮濟濟的安慰佮鼓舞，予阮tsiânn-tsò 1个閣khah好的人。佮伊做伙生活，看伊老kah行袂去，受身苦病疼折磨。伊離開世間，阮艱苦kah。有伊陪伴的彼段日子，糖甘蜜甜，無人會當代替。

濟濟厝裡有寵物的人，講著失去動物伴的心情，艱苦kah目屎流、目屎滴，原來逐个攏全款m̄甘。攏uì動物遐得著心靈解鬱，彼種充滿愛的能量，無法度形容。

動物予咱滿滿的愛，就算佇外口khang-khuè閣khah艱苦，動物溫柔的安慰，予咱相信khah大的困難嘛無啥。濟濟的人講著貓仔經、狗仔經，目睭神攏光起來，sian講就講袂煞。現代人飼寵物五花十色百百款，蛇、豬、兔仔、龜……攏有。

不而過，阮真oh理解，有人分享古錐的雞仔、羊仔siòng片，翻頭隨食雞腿、羊肉爐食kah呸呸叫。是按怎厝裡的寵物是心肝仔寶貝，食其他的動物，無1句歹勢？

《為動物請命》彼本冊內面講：「同情、尊重、善待動物，是咱人類袂當走閃的道德義務。是每1个文明社會應該拍拚的方向。」伊指出咱人佇食、穿、用佮娛樂背後，予動物按怎受苦。伊用科學證明佮道德論述，1條1條駁斥[12]殘害動物的理由。因為無尊重動物的性命，濟濟動物hőng苦毒、被殺害，包括實驗、走私佮休閒式拍獵、釣魚、鬥牛、

馬戲團。往過，Se-pan-gâ鬥牛，予人當做傳統節慶、文化、觀光。音樂佮現場的人攏熱phùt-phùt，kán-ná誠心適的款。Tsit-má，愈來愈濟人感覺按呢足無妥當，siunn酷刑、siunn過頭殘忍。馬戲團的表演，全款嘛是對動物的虐待。人kám有權利按呢對待動物？

7

《奶牛陰謀：袂使講的祕密》分析畜牧業對環境的破壞，比石化業khah嚴重，而且造成大量的溫室氣體。人飼海量的牛、羊、豬、雞是地球發燒的主因。若beh解決地球暖化，莫食肉是上直接上有效的。人類若採用植物性飲食，全世界根本無人會枵腹肚。改變食食[13]對慣勢食肉的人來講，無hiah簡單，愛伊kā彼塊肉提掉，袂輸愛伊的命。M̄-koh，習慣是沓沓仔養成的，咱掀開咱人類的歷史，kám有親像現代人食肉食kah tsiah-nī hiông的？

《新世紀飲食》內面講：「食肉m̄-nā無健康，閣對咱的身體有敗害。咱人食油leh-leh的肉，引起濟濟的病症，比如講：大箍過頭、高血壓、心臟病、中風、癌症、失智症，濟kah講袂煞。」人類用大量的抗生素佮hoo-lú-bóng飼

動物，遐的物件佇人食動物的時，嘛攏做伙吞落腹！

2015 年《全球蔬食快訊》佇線頂放送植物性生活方式的資訊。報導北美洲佮世界各地有足濟醫生咧講植物性飲食的好處，提供咱需要的所有營養，無負擔、無血油、無反式脂肪酸，是上健康的飲食。

1 个英國 18 歲的少年家，予植物性飲食的力量鼓舞，tsiânn-tsò 素食者。伊研究發現純素主義會當解決動物權利、公共衛生、永續佮暖化等等親像肉粽絚的問題。若無改變食物的生產方式，凡勢會失去咱生存的地球。伊意識著透過網路予逐家了解是上緊的方法，《全球蔬食快訊》tsuán 出世。

到 tann，逐月日超過 7 千萬人次點閱，發揮誠重要的作用。伊講：「建立 1 个純素世界，愛 uì 個人做起，意識誠重要，kā 這款意識佮同情心、行動保持一致。世界的頭人、政府佮企業、媒體，嘛攏有責任。」正港是英雄出少年，堅持做著的代誌，勇敢 tshuā 領世界新潮流，m̄ 驚做先鋒有偌孤單。

8

　　世界地球日,這工早起,協助指揮交通的警察先生,已經kā塑膠筒囥佇上邊仔tsuā的車路。集合的人愈來愈濟,陣頭排kah長lò-lò。有的手攑牌仔、提布條,有的穿古錐的動物衫,有的用各種的菜蔬、果子kā家己妝kah媠kah,lìng-gooh、西瓜、紅菜頭攏來矣,kán-ná踩街迎鬧熱咧,心適kah。逐家歡歡喜喜,全無抗議遊行的氣氛。活動本底就是beh為咱地球佮動物傳福音,放送愛的訊息,佮逐家分享愛的禮物。

　　咱足濟人細漢的時,攏捌有過誠濟偉大的夢想,想beh改變世界。大漢了後杳杳仔了解現實的無奈,遐的夢想予食穿硞kah袂喘khuì。Tsit-má,咱有機會完成做囡仔時救地球的夢想。改變地球佮動物的運命,祕訣是改變食食習慣。佇地球暖化hiah嚴重的關鍵,邀請你來試植物性飲食,予地球佮動物hām家己1个機會,付出愛、得著愛的禮物。M̄-thang看家己無,有時陣就是精差1个你。

　　世界有名的好額人Bill Gates講:「地球的未來,愛靠逐个人改變飲食。」伊家己食植物性飲食liáh外,嘛投資研發代替肉的產品,希望會當像電腦按呢普及逐口灶。

植物性飲食是健康、是潮流，m̄是犧牲。多元的替代性卵白質，會當滿足咱各種需求，in的氣味佮感官享受，料理起來佮動物肉無精差，若無講根本食袂出來，唯一的差別是生產方式：無剝削、無刣動物。過去飯桌仔頂彼盤肉，攏曾經是活跳跳的性命。Tsit-má，咱只要有道德勇氣做出無仝的選擇。M̄是綴舊例行，選擇行向美好的未來。台灣素食餐廳滿四界，有平價的自助餐，嘛有高級料理，thìng候你光臨。

9

　　遊行的隊伍uì信義路uat正手爿建國南路，沿路標語、口號嘛綴咧行，大聲同齊閣有節奏，聲音像海波浪1湧閣1湧，「和平uì飯桌仔開始」、「純素、環保、救地球」、「動物是咱的朋友」，經過和平東路，跤步大步繼續向前行，行到終點站客家文化公園。有大人tshuā囡仔做伙參加，嘛有人tshuā「生毛囡仔」做伙行，現場少年人phīng有歲數的人閣khah濟。有坐捷運來的，嘛有uì台灣無仝縣市坐遊覽車來的。為著共同的信念，呼籲逐家認bat綠色生活、落實永續生活，ǹg望逐家選擇高雅、慈悲的生活方式，

就算 1 禮拜 1 工，嘛是 1 个新的、勇敢的開始。

　　咱佮動物攏是有知覺的眾生，佇互相依存的世界。咱的同理心若擴大到動物，m̄ 甘動物受苦，領受愛的禮物，咱就起磅入去高等意識。阮足佮意印度詩人、文學家、哲學家 Thah-kù-lū[14] 的詩，伊的詩句定定予阮深思：「我的存在，1 个終身的驚喜，號做性命。」這个「我」kám m̄ 是萬物？有情眾生動物 kám 無算在內？

　　Thah-kù-lū 的詩：「khah 早咱陷眠，夢講咱是生份人，精神 tsiah 知，咱是親密的愛人。」我想著古早哲學家莊子的「莊周夢蝶」，故事想 beh 傳達啥訊息？是咱人陷眠變 iah-á？Ah 是 iah-á 夢著家己是人？Ah 是 iah-á 佮人本底是一體的，本質無精差，kan-na 披無仝形的外衫，搬演無仝的角色，做伙妝 thānn 這个美麗的世界。

　　造物者 kā 性命用各種無仝的形象呈現，咱有形的目睭是看袂清、看袂明的。親像小王子講：「上 kài 重要的物件，是用目睭看袂著的。」咱愛用心去看、去感受，按呢 tsiah 會知上寶貝、上有價值的是啥，m̄-thang 予咱複雜的頭腦騙去。

　　Thah-kù-lū 講：「造物者佇創造之中，揣著伊家己。」咱人嘛仝款 kám m̄ 是？閣講：「咱 kā 這个世界讀走精，閣怪講伊 kā 咱騙騙去。」是 lah，虛華的世界，咱若無保持

清明的智覺，克服家己的軟tsiánn，人生的路途beh按怎堅定家己的跤步1步1步向前行？

2023年寫

1　Sa-khuh-lah-má-suh：櫻花鉤吻鮭。
2　相黏蒂帶：sio-liâm-tì-tuà，關係密切。
3　hām-bah-kap：美國割包，漢堡。
4　tha-thá-mih：塌塌米。
5　紅目石獅：潘朵拉的盒子，Pandora's box。
6　雞鵤仔：ke-kak-á，未成熟的公雞。
7　phòng-phù-á：幫浦，手動抽水機。
8　Bí-thoh-sù：Beatles，披頭四。
9　phì-siùnn：譬相，含沙射影、奚落、諷刺。
10　pué-huē：掰會，提出看法、理由來說服或澄清。
11　king-thé：供體，以譬喻或含沙射影的方式罵人。
12　駁斥：pok-tshik，指激烈反駁別人的言論觀點。
13　食食：tsia̍h-sit，飲食。
14　Thah-kù-lū：Tagore，泰戈爾。

台語現代散文選

葉漢章等 著・呂美親 編

台語現代文體的誕生，除了日本時代受日本「言文一致」運動、中國白話文運動與東亞近現代文學發展的影響外，還有一段不容忽視的歷史，亦即早於 1885 年創刊的《台灣府城教會報》所使用的「白話字」（Peh-ōe-jī），在語料紀錄、歷史文獻與文學創作各方面的重要積累。漢字與白話字，不但對殖民地台灣思考「言文一致」的語文改革，乃至於文學、文化與政治運動的主體性追求產生極大作用，同時也在語文發展的過程中，留下了形式殊異的文體面貌與豐厚扎實的文學主題與內容。

本選集收錄戰前與戰後現當代共 64 篇台語現代散文，含括白話字、台灣話文與現代台文作品，以教育部推薦用字進行標準化，並詳加註釋。從歷史的角落出發，引領讀者回顧台語散文自清國統治以來萌芽發展、點滴匯流的百年成就，以及近 30 年飛躍成長的軌跡。一起感受台語散文與台語文運動密切接合的歷史脈動與文藝性格，思考台灣文學與台語文學的時代意義與藝術內涵。

斬薰蛇 台語散文集

王羅蜜多 著

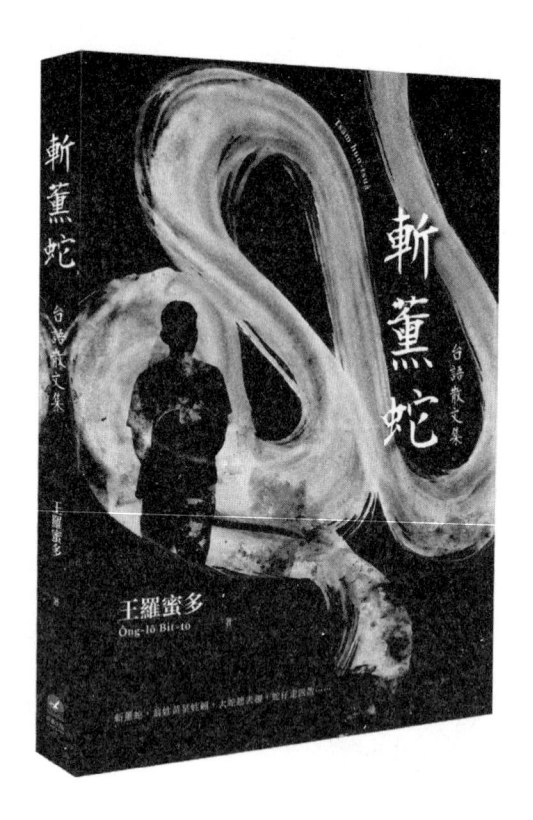

台華雙語,一手寫字一手畫圖的藝術家王羅蜜多,毋但創作文類多元,閣連紲受文學獎肯定,現出罕見的才情、風格佮力頭,成做當代台語文學重要的創作者。伊幼路的觀察,定定探入生活的細節,佇文學寫實的過程中,以哲學性的思考佮眼界轉化所感所知,起造樸實古錐、心適感動的台語散文氣味。

本冊總共分做三輯。頭一輯「斬薰蛇」,寫對人生的回顧佮感悟、追念過身的親人好友、懷想兒時青春的故鄉遊記、行踏古蹟地景、對動物的情感、讀冊心得等等,加上素描寫作生活的劇本創作。第二輯「蜜多桑佮鐵線蕨」,展現作者對身邊草木的觀察佮疼心,參植物「換名」對話,以豐富的人性聯想,人成草木、草木做人,智覺人佮環境的關係,了悟大自然的真理。第三輯「府城遛遛行」,是伊「鐵馬文學」的騎踏收成,主題多變,情思豐沛,逐字逐篇攏是府城才有通掠的「現流仔」。輕鬆掛奇想,日常帶詩意,微觀萬千世間的精彩隨筆,一篇一篇,寫出台語散文的好景緻。

咱人 ê 視界
Hō 少年朋友 ê 人生筆記

陳雷 著

長年 tòa 加拿大 ê 台語文運動者、醫師作家陳雷，筆路婧氣活跳，創作文類多元豐富，以至高 ê 評價 khiā tī 台語文學、台灣文學史 ê 重要地位。這本台語散文集，是伊 beh 透由束結、趣味、好讀 ê 短文，hō͘ 學生、少年朋友、台文初學者有通親近台語、學習台語，進一步思考台灣文化 kap 未來 ê 讀本，也是伊思念土地、人生回顧、思想精華 ê 文字素描。

本冊分做 5 輯，「美麗鄉土」收入祖國台灣、家鄉台南 ê 風土景緻 kap 歷史記持，牽挽對土地認同 ê 關心 kap 思考；「小小故事」記錄一寡聽來 ê、心適 ê 趣味古；「咱 ê 話語」是作者對台灣話、台語文、台灣文化傳承發展 ê 論述 kap 建議；「趣味科學」收入幾篇科學性、智識性 ê 短文，用台語論萬項代；「哲學人生」有作者對年歲性命 ê 體會，對社會價值、道德價值、政治價值 ê 探討，對人 kap 大自然、大宇宙 ê 理解，鼓勵咱追求、擴大家己外在 ê 視界，起造心內 ê 心界。

我聽著花開的聲：台語散文集

作　　者	廖張嬋
責任編輯	鄭清鴻
美術編輯	Sunline Design
有聲朗讀	廖張嬋
錄音後製	印笛錄音製作有限公司

出 版 者	前衛出版社
	地址：10468 台北市中山區農安街 153 號 4 樓之 3
	電話：02-25865708 ｜傳真：02-25863758
	郵撥帳號：05625471
	購書・業務信箱：a4791@ms15.hinet.net
	投稿・編輯信箱：avanguardbook@gmail.com
	官方網站：http://www.avanguard.com.tw

出版總監	林文欽
法律顧問	陽光百合律師事務所
總 經 銷	紅螞蟻圖書有限公司
	地址：11494 台北市內湖區舊宗路二段 121 巷 19 號
	電話：02-27953656 ｜傳真：02-27954100

出版補助	國藝會 NCAF
出版日期	2024 年 11 月初版一刷
定　　價	新台幣 400 元
ＩＳＢＮ	978-626-7463-47-5（平裝）
E-ISBN	978-626-7463-46-8（EPUB）
E-ISBN	978-626-7463-45-1（PDF）

©Avanguard Publishing House 2024 Printed in Taiwan

＊請上「前衛出版社」臉書專頁按讚，獲得更多書籍、活動資訊
https://www.facebook.com/AVANGUARDTaiwan

國家圖書館出版品預行編目（CIP）資料

我聽著花開的聲/廖張嬋著. -- 初版. -- 臺北市：前衛出版社, 2024.11　面；　公分
ISBN 978-626-7463-47-5(平裝)

863.55　　　　　　　　　　113011843